ROWAN

K9 Files : chiens de guerre
Tome 10

Dale Mayer

Rowan, K9 Files : chiens de guerre, tome 10
Beverly Dale Mayer
Valley Publishing Ltd.
Traduit de l'anglais par Sophie Salaün et Valentin Translation.

ISBN-13 : 978-1-773367-43-9
Format Print

Rowan

Bienvenue à tous les nouveaux lecteurs de la série *K9 Files*, dans laquelle vous allez retrouver les inoubliables héros de *Légion d'acier,* dans une nouvelle saga de romance à suspense pleine d'action et de rebondissements ; une saga attendue par tous les fans de l'auteure à succès Dale Mayer, reconnue par le *USA TODAY*. <u>Pssst</u>, vous croiserez également certains de vos personnages préférés rencontrés pour la première fois dans *SEALs of Honor* et *Heroes for Hire* !

Rowan espère que ce vide béant en lui finira par guérir… si seulement il retrouve le K9 Hershey, chien à la retraite qui doit son nom à un ancien camarade de Rowan. Rien ne pourra l'empêcher de retrouver la trace de ce bon vieux K9. Cependant, il ne s'attendait pas à ce que son ancien ami se soit trouvé une copine et qu'ils aient eu ensemble une portée de chiots.

Brandi vient de perdre sa grand-mère, sa maison et sa meilleure amie à quatre pattes, Lacey, dans un terrible incendie de forêt qui a ravagé la ville. Tout le monde lui conseille de ne pas perdre espoir en ce qui concerne Lacey, car il arrive souvent que des chiens disparaissent pour réapparaître plus tard. Cette seule pensée la pousse à consacrer tous ses temps libres sur place, à appeler Lacey. Lorsqu'elle se rend compte que quelqu'un d'autre a eu la même idée, c'est tout naturellement qu'ils unissent leurs forces.

Quand la situation tourne mal, elle est heureuse d'avoir

quelqu'un à ses côtés, parce qu'elle ne se doutait pas des horreurs de ce monde… jusqu'à maintenant.

Inscrivez-vous pour être informé de toutes les nouvelles parutions de Dale Mayer !

Inscrivez-vous ici pour être informés de toutes les nouveautés de Dale !

https://geni.us/DaleNews

PROLOGUE

ROWAN CHADWICK ENTRA dans les bureaux de Titanium Corp.

— Salut, quelqu'un m'a appelé ?

— Salut, Rowan, dit Geir. Est-ce que tu as de l'expérience avec les chiens ?

— En dehors du fait d'en posséder un ?

— Unités K9, entraînement de chien militaire, ce genre de choses.

— Un peu, répondit Rowan. J'ai été maître-chien pendant un an, et c'était l'année précédant l'accident. C'est l'un de mes plus grands regrets. Le fait de n'avoir pas eu assez de temps avec le chien.

— Compris, assure Geir. Quel chien était-ce ?

— Hershey. Mais il avait un nom officiel chic, Harold Guildford II, ou quelque chose comme ça, dit-il en souriant. Moi je l'appelais simplement Hershey. Le problème dans mon cas, c'était d'essayer de rompre ce lien de maître. Évidemment, les maîtres-chiens s'attachent, mais trop, c'est mal vu.

— Exact, parce que les chiens peuvent passer d'un maître à l'autre, en fonction de l'entraînement pour lequel ils sont prévus, non ?

— Exactement.

— Comment se passe la rééducation ?

— C'est en cours.

Il redressa lentement la jambe pour la ramener vers lui. Ces jours-ci, ses muscles raidissaient rapidement. Il fallait toujours qu'il se rappelle de faire ses étirements, faute de quoi ils se tétanisaient.

— C'est un peu bizarre d'avoir un morceau de pied en moins. Puis c'est étrange de fonctionner avec un corps qui n'est plus le même qu'avant.

— C'est vrai, dit Badger en entrant derrière lui. C'est drôle de voir comment on peut s'adapter à la perte d'un membre entier, mais perdre un demi-pied ou une demi-main, ça ne va pas.

— Et quelques côtes. En plus, j'ai un tas de vis et de plaques et je ne sais quoi d'autre dans mon corps.

Il haussa les épaules.

— Comme nous tous. Nous sommes des enfants rapiécés qu'on a ramenés à la vie.

— C'est ça, fait Geir en riant. Plutôt des enfants horloges, avec des mécanismes de pointe.

— Oui, le steampunk avant que ça devienne cool, remarque Rowan avec un sourire.

— C'était quoi le nom de ce chien, déjà ? demanda Geir à Rowan.

— Lequel ?

— Celui avec qui tu travaillais ?

— Hershey.

Geir regarda Badger qui s'assit avec un petit bruit sourd, et prit une pile de dossiers sur le bureau, les passant en revue.

— Tu serais prêt à quoi pour récupérer ce chien ? s'enquit Geir.

— Cela signifierait retourner dans une unité K9 militaire active, dit-il, mais cela n'arrivera pas. Et peu importe à quel point j'en rêve.

— Tu marques un point, dit Badger en ouvrant le premier dossier, qu'il referma aussitôt avant d'ouvrir le deuxième, qui subit le même sort.

Il prit le troisième devant lui, plein d'espoir, et adressa un signe de tête à Geir. Badger remit le dossier à l'autre homme.

— C'est quoi cette histoire ? l'interrogea Rowan.

— Je ne sais pas si tu es au courant, mais il y a un certain nombre de gars qui ont effectué des missions privées pour nous. Ils ont cherché à savoir ce qu'il était advenu de certains chiens de guerre censés être en retraite, mais portés disparus.

— Je n'aime pas beaucoup ça, dit Rowan d'un ton dur. Ces chiens méritent une longue et belle retraite.

— Nous sommes d'accord, dit Geir. Nous avons un chien ici. Il était censé être envoyé en Californie. Et il l'a été. Il est arrivé, a bien atterri, il a été récupéré. Cependant, quand les militaires ont entendu parler de l'événement météorologique survenu sur place, ils ont procédé à une vérification de suivi pour voir si tout allait bien, mais ils n'ont trouvé aucune trace des personnes ou du chien. Apparemment, un des grands incendies de Californie a ravagé l'endroit, et tout le monde a été séparé. C'était il y a près d'un mois, ou six semaines tout au plus. La famille en question a perdu certains de ses membres, sans parler de plusieurs autres membres à fourrure de la famille qui ont été éparpillés ou sont morts. Et, même si le chien est susceptible d'être retrouvé, à ce stade, ils ne veulent pas le récupérer.

— Waouh ! Je comprends, mais c'est dur.

— Effectivement, ils ont aussi perdu leur maison et ont dû déménager dans l'Illinois, je crois, dit-il en vérifiant le dossier. Le mari est maintenant père célibataire de deux enfants parce qu'il a perdu sa femme dans cet incendie.

— Eh bien, je suppose que, compte tenu des circonstances, c'est peut-être compréhensible, mais ça reste dur pour le chien.

— Ils n'avaient le chien que depuis quelques semaines et, selon le premier contrôle de bien-être, tout allait bien. Ensuite, lorsque le feu a dévasté la zone peu de temps après, le chien s'est enfui, et personne ne l'a revu depuis.

— C'est terrible.

— Effectivement.

— Quel est le nom du chien ? demanda Rowan en s'étirant dans le grand fauteuil de bureau.

— Harold Guildford II, informa Badger en le regardant.

Il bascula vers l'avant, les pieds frappant durement le sol pendant que son poing s'abattait sur le bureau.

— Hershey ?

Les deux hommes hochèrent la tête.

Rowan s'empara du dossier.

— Je prends celui-là.

— C'est bien ce que nous pensions, confirma Badger en souriant.

CHAPITRE 1

Jamais Rowan Burlow ne se serait attendu un jour à se retrouver là. La simple idée que, peut-être, Hershey était encore en vie l'avait expédié dans le désert de feu de la Californie.

À présent, Rowan était sous le choc, contemplant les collines noircies, les squelettes des arbres, les restes des maisons en ruines dévastées par les incendies de forêt. Il n'avait pas totalement compris l'ampleur de la situation avant d'arriver ici, et alors qu'il était là debout à contempler la dévastation sous ses yeux, il avait du mal à se faire à l'idée. C'étaient tant de maisons, d'hectares, de kilomètres… Il n'arrivait pas à imaginer les pertes en matière de faune, et même de végétation. Il ne restait plus qu'à espérer que Mère Nature avait un plan pour cet endroit. Quand quelque chose tournait mal, comme ces incendies, c'était à la fois fantastique et… terrifiant.

Les ravages autour de lui étaient tellement incroyables et étendus, comme si Mère Nature avait marqué toute cette section de la planète d'un grand avertissement noir pour qu'elle reste à l'écart. Partout où il posait les pieds, la végétation craquait sous ses pas, et même des mois plus tard, une odeur musquée et fumée régnait tout autour de lui. Il se tenait au pied d'une des collines, où le feu était descendu et avait ravagé les maisons.

Il essayait toujours de trouver la maison où Hershey avait vécu. C'était un peu difficile à percevoir, au milieu d'un tel champ de ruines. Cependant, des fondations en béton avaient été préservées aux endroits où se trouvaient des maisons, ainsi que des carcasses de voitures brûlées, quelques autres pièces métalliques non identifiées, un camping-car sur cette propriété et ce qui ressemblait à un garage sur une autre.

Il marchait dans la rue avec un sac sur le dos, contenant plusieurs bouteilles d'eau, son téléphone dans une main. Il avait laissé sa voiture de location garée dans la rue. Dès qu'il aurait déterminé où il devait aller, il pourrait se déplacer avec sa voiture selon ses besoins. Mais là, il voulait sortir, marcher et se rendre compte de l'ampleur de tout ça. C'était un désastre total. Son cœur se serra quand il comprit combien de personnes avaient été tuées, combien d'animaux domestiques et de faune sauvage avaient souffert de cet incendie monstrueux.

Il ne savait pas si une enquête avait été menée pour déterminer s'il s'agissait d'un incendie criminel, accidentel ou d'un feu de broussailles devenu incontrôlable. C'était difficile de voir où cela avait commencé. D'après lui, c'était sûrement dans les collines, à quelques kilomètres de là. Et, évidemment, le feu pouvait parcourir plusieurs kilomètres par jour. Ces gens avaient été pris par surprise. Ils avaient été évacués, mais de nombreuses personnes avaient laissé leurs animaux derrière eux, ce qui dérangeait profondément Rowan, dans la mesure où ces amis à fourrure auraient dû faire partie du groupe familial. Mais dans la panique, tout le monde récupérait les choses dont ils avaient le plus besoin. En général, c'étaient les enfants et les conjoints, et c'était à peu près tout. Sûrement aussi quelques souvenirs, devina-t-il.

Mais lui aurait pris ses animaux.

Alors qu'il parcourait les ruines, l'énormité, l'ampleur du désastre causé par le feu le submergea un peu. Il marcha pendant une demi-heure à la recherche de la bonne maison. Il découvrit des signes de retour de la faune sous la forme d'empreintes de pattes dans les cendres et de fourrures dans les broussailles. Mais il n'y avait aucune trace de Hershey, dont Rowan n'était même pas certain qu'il soit encore en vie. C'était un tout autre problème. Rowan avait entendu et lu des histoires de chiens qui retournaient chez leur maître, même à des milliers de kilomètres, mais, dans le cas présent, Hershey était-il resté ici assez longtemps pour se lier à la famille ? Maintenant que la famille avait déménagé, quelles étaient les options d'Hershey ?

Il tenta de penser comme son chien l'aurait fait, mais l'animal était très concentré sur le travail. Et quand venaient les temps de jeu, Hershey se focalisait dessus. Rowan détestait imaginer que Hershey aurait pu succomber à un feu de forêt et ce que cela lui aurait fait. Rowan avait le cœur brisé rien qu'à y penser. Et, si Hershey était encore en vie, les derniers mois avaient sûrement été violents pour lui.

Alors que Rowan arpentait les lieux, sans vraiment avoir l'intention de faire beaucoup plus que cela aujourd'hui, il établit un plan avec sa carte pour déterminer où Hershey aurait pu aller. En priorité, les collines, pour s'éloigner du brasier. Il fallait qu'il trouve de l'eau, et il y avait plusieurs ruisseaux un peu plus loin. Rowan vérifierait s'il y en avait toujours. Sinon, Hershey aurait dû se trouver une autre source. Il serait sûrement resté dans les environs du feu, car c'était le seul foyer qu'il connaissait. Plus tard, une fois détaché de cette famille, Rowan ne savait pas vraiment combien de temps il serait resté dans les parages. D'aussi loin qu'il voyait, il n'y avait aucune trace d'humains vivant toujours par ici. Il voyait bien un véhicule à l'occasion, des gens qui regardaient et prenaient des photos, mais c'était vraiment d'une tristesse déchirante.

Quand il entendit des pas, il leva la tête et vit une jeune femme avec un sac à dos et un bâton de marche dans une main, qui traversait lentement le flanc de la colline. Il la scruta un long moment : il ne fut pas surpris de ne pas la reconnaître. Il n'était même pas sûr de savoir ce qu'elle faisait, parce qu'elle ne semblait pas particulièrement s'amuser. Il ne la vit pas regarder le soleil, et pas sourire non plus. Elle avait la tête baissée, elle regardait autour d'elle. Elle cherchait aussi quelque chose. Il fronça les sourcils et l'appela :

— Bonjour !

Elle ne parut pas l'entendre. Il avança dans sa direction, visant un endroit juste devant elle pour la devancer. À environ une vingtaine de mètres, il cria à nouveau :

— Bonjour !

Elle sursauta et releva les yeux. Elle fronça les sourcils aussitôt et jeta un œil autour d'elle pour voir si elle était seule ou s'il y avait quelqu'un d'autre.

Il s'arrêta dans son élan, il ne voulait pas qu'elle se sente menacée. Du moins, pas plus qu'elle ne l'était déjà. Et n'était-ce pas étrange ? Il était simplement dehors en train de marcher, et apparemment, cela l'intimidait. Elle le regarda, s'arrêtant à une bonne quinzaine de mètres, et lui dit à son tour :

— Bonjour.

— Est-ce que vous vous promenez toujours dans cette zone ? lui demanda-t-il.

Elle hocha lentement la tête.

— C'est le cas, oui, depuis l'incendie… pourquoi ?

— Je cherche un chien disparu.

Il espérait que le sujet de la conversation la détendrait un peu, mais au lieu de cela, elle sembla le regarder avec plus de méfiance encore.

— Il a récemment été adopté par une famille là-bas, dit-il en indiquant l'endroit où se trouvait l'ancienne adresse de Hershey.

Elle scruta la zone en question, fronça les sourcils et secoua la tête.

— Ça doit être compliqué, répondit-elle. Il y a des tas de gens ici qui ont perdu leurs animaux de compagnie.

— C'est vrai. Cet Hershey est un chien de guerre, donc je ne dis pas qu'il est plus intelligent que les autres, mais il a été plus entraîné. S'il y a la moindre chance qu'il s'en sorte et reste en vie, il l'aura saisie.

Il ajouta :

— Alors c'est un peu compliqué pour moi de m'en aller sans le chercher.

— Cela fait des semaines et des semaines, dit-elle en l'étudiant d'un air soucieux. S'il était dans le coin, il serait déjà parti.

— C'est bien possible, confirma-t-il.

— Je n'ai entendu parler de lui qu'hier, quand on m'a demandé de me pencher sur son cas, soit pour m'assurer qu'il était parti, soit pour faire de mon mieux pour le retrouver.

Elle eut un petit rire brisé, et fit un grand geste des deux bras pour montrer le monde noirci dans lequel ils se trouvaient.

— Il n'y a rien à trouver.

— Eh bien, vous êtes aussi en train de chercher quelque chose, dit-il gentiment. Qu'espérez-vous trouver ?

Elle se raidit et le regarda fixement.

Il leva une main.

— Je ne cherche pas à me montrer intrusif. Je suis désolé, je ne voulais pas vous mettre sur vos gardes. J'espérais simplement que vous auriez peut-être vu le chien.

Elle lui jeta un regard surpris, puis secoua immédiatement la tête.

— Je n'ai rien vu de vivant ici depuis des semaines.

— Merde, murmura-t-il.

Il fit plusieurs pas en arrière et perdit l'équilibre. Il tendit les bras et parvint à se rattraper. Rien de tel qu'une chute lamentable devant une belle femme pour se pourrir la journée.

— Oups, dit-elle. Il faut vraiment que vous fassiez attention à où vous mettez les pieds, ici. Surtout qu'avec toutes ces broussailles brûlées, on a du mal à voir les nids de poule sous la cendre.

— Je vois ça. J'apporterai un bâton de marche demain.

— Vous revenez ? demanda-t-elle, surprise.

Il lui jeta un regard dur.

— Pour moi, ce n'est pas vraiment rechercher le chien si je me contente d'arpenter la rue en l'appelant. Je vais quadriller cette zone et passer lentement et soigneusement en revue chaque section à sa recherche.

— Est-ce que vous faites ça parce que c'est votre travail ?

Il hésita. Elle sembla le remarquer, et s'expliqua.

— Pas mal de gens ont perdu beaucoup d'animaux, par ici, et je ne les vois plus.

— Je crois que la plupart attendent de voir si l'animal revient, expliqua-t-il. Dans le cas d'Hershey, sa famille adoptive a déménagé dans l'Illinois, et il n'a plus rien vers quoi revenir.

— Alors pourquoi cela vous intéresse-t-il ?

Sa voix était franche et pleine de défi, mais il ne s'en of-fusqua pas. Il préférait que les gens disent ce qu'ils pensaient plutôt qu'ils cachent des choses.

— Parce que je crois que c'est le même chien que celui avec lequel j'ai travaillé en Irak. J'ai eu un sale accident, et je suis passé à deux doigts de la boîte en sapin. Ma convalescence a été longue et lente, mais je suis de nouveau sur pied. J'ai compris que le chien allait très bien et quand j'ai posé la question, on m'a dit qu'il avait été adopté. Ce n'est que maintenant que j'apprends que Hershey a semble-t-il glissé entre les mailles du filet. Quand la division des Chiens de Guerre a téléphoné pour prendre de ses nouvelles, et qu'ils ont découvert qu'il se trouvait là où il y avait eu ce grand incendie, ils m'ont contacté et m'ont demandé si je pouvais venir le chercher. Bien sûr, si j'avais su, je l'aurais cherché plus tôt.

Il détestait l'idée que Hershey soit probablement livré à lui-même depuis plusieurs semaines, voire des mois. Il savait aussi que le chien était tout à fait capable de survivre par lui-même si nécessaire. Ce n'était pas vraiment le genre de retraite dont Rowan rêvait pour le chien. Et, de nos jours, beaucoup de gens tireraient sur Hershey s'ils ne pouvaient pas s'approcher de lui.

— Je suis désolée, dit-elle d'un ton plus doux.

Il lui jeta un regard dur.

— Soyez désolée pour le chien. Pas pour moi.

— Je n'étais pas désolée pour vous, dit-elle, mais pour n'importe quel animal perdu et livré à lui-même comme ça.

— Vous voulez bien me dire ce que vous cherchez ?

Elle eut un rire amer.

— Ma vie, dit-elle, et, sur ces mots, elle se retourna et

partit dans la direction opposée.

BRANDI MALCOLM ESPERAIT qu'il ne la suivrait pas. Elle n'était pas prête à répondre aux questions, elle avait toujours terriblement mal au cœur, et se demandait si cela cesserait un jour. Comme lui, elle cherchait quelque chose. Elle lui avait donné une réponse brute, mais c'était vrai, en partie. Il y avait quelque chose qui clochait dans son monde, ces derniers temps. Sa grand-mère avait péri dans cet incendie, dans la maison qu'elles partageaient, pas très loin de celle qu'il avait montrée. Brandi participait à un séminaire à l'étranger. Elle était rentrée quand elle avait entendu parler de l'incendie, espérant faire sortir sa grand-mère de la maison, mais il était déjà trop tard.

Le retriever de Brandi, Lacey, avait également disparu. Et Lacey était enceinte, alors Brandi savait qu'à ce moment-là, les chances étaient plutôt minces que la chienne et ses chiots aient survécu. Elle n'était même pas certaine de la date prévue de l'accouchement. Mais les petits auraient dû avoir au moins un mois, si ce n'est six semaines. Elle s'arrêta pour reprendre son souffle et se tourna pour voir l'homme qui redescendait lentement de la colline. Elle s'était montrée impolie et brusque, mais c'était ainsi avec tout le monde, en ce moment. Elle ne pouvait laisser échapper qu'une quantité de douleur limitée à la fois, pour éviter d'être submergée. Et alors même qu'elle y songeait, elle s'écroula sur un rocher dont la surface avait été polie par la chaleur intense du feu.

Elle regarda autour d'elle et murmura :

— Mère Nature, pourquoi t'es-tu comportée comme une telle garce ici ?

Évidemment, elle n'eut aucune réponse : il n'y en avait jamais. Mère Nature dirait probablement qu'elle avait besoin de se purifier en ces lieux, pour qu'une nouvelle croissance puisse se faire. Et un peu de vert commençait à apparaître à certains endroits, ce qui semblait vraiment déplacé. Tout le monde ici n'avait pas fini de faire son deuil, et pourtant la vie avait continué.

Elle inclina son visage vers le ciel et laissa le soleil la réchauffer de l'intérieur. Elle était tellement envahie par le chagrin qu'elle avait froid constamment. Elle savait qu'il était temps qu'elle passe à autre chose ; sa grand-mère avait eu une bonne vie et, avec un peu de chance, la fumée avait eu raison d'elle et elle n'avait pas souffert. Le feu avait brûlé si intensément qu'elle avait pratiquement été incinérée. Encore une chose avec laquelle Brandi devrait vivre. Elle avait fouillé dans certains des décombres, mais il n'y avait rien à part des cendres.

Bien sûr, la police et les pompiers, même le médecin légiste étaient venus ici peu après la fin de l'incendie. Désormais, Brandi essayait de reconstruire sa propre vie. C'était vraiment le pire moment pour partir six semaines suivre un cours spécial en Europe. Elle secoua la tête. Si elle avait été là, Lacey et sa grand-mère s'en seraient sorties.

Elle enroula ses bras autour de sa poitrine pour repousser le froid une fois encore. Et, même si c'était futile, elle siffla, espérant que Lacey était quelque part dans les environs. Au cours des trois dernières semaines, Brandi avait fait la même chose tous les jours. Et elle n'avait jamais obtenu de réponse. Elle aperçut l'homme qui marchait sur la route en contrebas ; il se tourna en l'entendant siffler. Il la fixa un long moment, puis quand il se rendit compte que ce n'était pas lui qu'elle sifflait, il s'éloigna. Elle ressentait sa tristesse à lui aussi.

Quelque part, elle se demandait si son histoire était vraie, mais elle n'était pas plus farfelue que la sienne.

Au moins, Brandi savait que son chien était ici avec sa grand-mère, mais elle ignorait ce qui avait pu pousser Lacey à s'enfuir en la laissant derrière elle. La chienne aurait-elle même pu sortir de la maison ? Il y avait une trappe dans la porte pour elle, mais le jardin avait été clôturé. Et elle était enceinte. Sa grand-mère l'avait tout juste annoncé à Brandi au téléphone. Elle n'arrivait pas à y croire. D'après Grand-mère, l'éleveur chez qui elle avait eu Lacey l'avait stérilisée, mais apparemment, c'était un mensonge éhonté.

Parfois, Brandi détestait les gens, surtout ceux qui trompaient les autres. Ce n'était tout simplement pas juste qu'une si belle vie les attende tous.

Brandi se retrouvait là, seule, dépourvue et désemparée, se demandant ce qui était arrivé à son magnifique chien, espérant au-delà de tout espoir que sa grand-mère n'avait pas souffert, et qu'elle était, même maintenant, en train de la surveiller du regard, lui intimant de se ressaisir et de vivre sa vie.

CHAPITRE 2

BRANDI FINIT PAR se lever et continua à marcher sur la crête, cette même crête qu'elle parcourait tous les jours, sifflant à quelques minutes d'intervalle, appelant Lacey. Il n'y a jamais de réponse, aucun signe de vie, rien qui bruisse parmi les frêles squelettes brûlés qui étaient autrefois des arbres. Puis elle descendit lentement la crête. La colline finissait par rejoindre un terrain plat, ce qui rendait la descente beaucoup plus facile. Ce n'est qu'ensuite qu'elle revint vers l'endroit où se trouvait son véhicule. Il était temps de rentrer à la maison.

Elle vivait actuellement dans un appartement meublé, parce qu'elle avait aussi tout perdu dans l'incendie. Il y avait bien une assurance, mais comme sa grand-mère était morte, son affaire était beaucoup plus compliquée. La maison appartenait à Grand-mère, mais Brandi devait en hériter. Seulement, maintenant, l'héritage était réduit à néant. Elle secoua la tête. Elle avait perdu tellement de choses, à bien des égards.

Elle n'était pas certaine que l'assurance couvrait les catastrophes naturelles ; du moins, c'était ce que prétendait la compagnie. Le gouvernement devait lui procurer une aide, mais elle n'était pas sûre non plus d'y avoir droit, car techniquement, l'argent aurait dû aller à sa grand-mère en tant que propriétaire de la maison. Elle avait essayé d'en discuter avec un avocat, mais personne ne savait vraiment. Elle avait contacté le département d'État, et là encore, personne n'avait voulu lui parler. Elle se disait que c'était sûrement une façon pour eux de ne pas régler d'indemnités. Ne serait-ce pas typique du gouvernement ?

D'un autre côté, certains disaient qu'étant donné que ce n'était pas sa maison, mais celle de sa grand-mère, Brandi n'avait qu'à repartir à zéro. Et pourquoi les contribuables paieraient-ils pour ça ? Pour elle, la compagnie d'assurance devait verser une indemnité pour la propriété, mais évidemment, ils n'étaient pas d'accord.

Elle tournait en boucle sur les mêmes soucis tous les jours depuis qu'elle était arrivée. Elle devait y mettre un terme. Il faudrait bien qu'elle en arrive au stade où elle rentrerait chez elle et oublierait tout ça. Néanmoins, elle n'en était pas encore là ; elle ne savait pas si ce jour viendrait.

De retour à sa voiture, elle déposa son sac à dos sur le siège passager et en sortit la dernière bouteille d'eau, dont elle but une grande gorgée. L'air lui semblait très sec, même si l'incendie avait eu lieu des semaines plus tôt et qu'il y avait en permanence de l'air frais. Pourtant, il sentait la fumée et elle avait la gorge et les muqueuses desséchées. Elle termina la bouteille d'eau, jeta le plastique vide dans le sac et fit le tour vers le siège conducteur.

Une fois installée, elle mit le moteur en route, dit un dernier au revoir à la zone, puis fit demi-tour et repartit chez elle. Ce n'était pas vraiment un foyer pour elle, et en fait, cela ne faisait que mettre en exergue tout ce qu'elle avait perdu.

Elle avait vécu avec sa grand-mère depuis qu'elle avait dix ans, et la maison était l'une de ces belles résidences en séquoia et en verre remplies de souvenirs heureux. Et Brandi avait l'impression d'avoir perdu ces souvenirs en même temps que sa maison. Elle savait que sa grand-mère vivait toujours dans son cœur et dans son esprit, et qu'il lui restait justement ces souvenirs. Cependant, tant de choses avaient disparu dans cet incendie, et si peu avaient été sauvées… cela dépassait son entendement.

Elle se gara dans un parking souterrain, descendit de la voiture, prit son sac à dos et monta dans son appartement au deuxième étage. Elle avait un bail à la semaine, et venait de commencer son deuxième mois, même si elle était rarement là. Ces dernières semaines, elle avait travaillé au laboratoire et ensuite elle s'était rendue dans son ancienne maison, perdue dans le temps, vivant des jours apparemment identiques encore et encore. Elle se disait de se ressaisir, et ce ne fut qu'en déverrouillant la porte de son appartement qu'elle se souvint qu'elle était censée aller faire des courses et qu'elle avait, une fois de plus, oublié.

Elle avait perdu facilement cinq kilos depuis qu'elle était rentrée et avait découvert ce qui était arrivé à la maison et à sa grand-mère. Et si Brandi ne recommençait pas à manger correctement, elle allait aussi perdre des forces ; chose qu'elle ne pouvait pas gérer, pas avec son boulot et ses recherches après le travail dans la zone de l'incendie. Elle était technicienne de laboratoire et étudiait les cellules souches. Elle aimait son travail, et c'est pour cela qu'elle était allée en Europe suivre une formation supplémentaire et apprendre une nouvelle technique qu'ils développaient là-bas. Mais elle était de nouveau aux États-Unis et travaillait de 8 h à 16 h la plupart des jours de la semaine, certains week-ends et, si elle le pouvait, elle prolongeait jusqu'à 17 h. Quelle que soit l'heure à laquelle elle quittait son poste, la première chose qu'elle faisait ensuite était de se rendre chez sa grand-mère.

Comme c'était jeudi, aujourd'hui était une exception.

Elle avait pris quelques jours de congé, car elle devait y aller le samedi. Normalement, elle se rendait chaque week-end dans la zone de l'incendie où elle passait de longues heures à chercher Lacey, mais elle était partie tôt cette semaine. Elle regarda son réfrigérateur vide et grommela qu'elle allait devoir commander à nouveau. Elle réfléchit à la question. Au coin de la rue, il y avait un petit resto de fish and chips, elle pouvait s'y rendre à pied. Sa décision prise, elle troqua ses chaussures de randonnée pour des chaussures de ville, laissa tomber sa surchemise à carreaux, prit un pull léger et son sac à main, et sortit.

Elle détestait rester à l'appartement, presque autant que le lieu où se trouvait auparavant sa maison. La vérité, c'est qu'elle n'était qu'une âme perdue. Il fallait qu'elle trouve le moyen de s'ancrer, encore une fois. Et ce n'était pas la première fois qu'elle ressentait une chose pareille. Seulement là, elle ne pouvait pas se réfugier chez un membre de sa famille.

Elle reçut un nouveau SMS. Elle le consulta et se renfrogna en constatant que c'était le même message menaçant qu'avant, et elle l'effaça rapidement. Elle n'aurait sûrement pas dû effacer ces preuves, mais les SMS ne cessaient d'affluer depuis ce maudit incendie. Elle en avait donc encore beaucoup d'autres sur son téléphone, si la police en avait besoin plus tard.

Quelqu'un semblait penser que sa grand-mère lui avait donné quelque chose. Exact. Sa grand-mère lui avait énormément donné, mais c'étaient des choses intangibles. Elle lui avait offert son cœur et sa maison, l'amour, la compréhension et la paix. Elle ne lui avait pas donné de pièces, comme ce type semblait le penser. Et même si elle avait été là à temps pour sauver quelque chose de ce maudit feu, ce n'auraient pas été des pièces, puisqu'elle n'en connaissait pas l'existence.

Elle empocha son téléphone et se dirigea vers le resto de fish and chips. Quelque part au fond de son esprit, elle se demandait si ce correspondant menaçant avait quelque chose à voir avec ce feu. C'était carrément tiré par les cheveux, parce que ce n'était pas seulement sa maison qui avait été détruite. Au moins quarante, peut-être cinquante maisons avaient été réduites en cendres. Et le feu venait de très loin, alors ce n'était sûrement pas le cas. C'était quelque chose qu'elle devait peut-être garder dans un coin de sa tête parce que ce type insistait lourdement sur le fait qu'elle était au courant de quelque chose. Et, alors qu'elle allait le supprimer, un autre SMS arriva.

Dis-nous, ou il t'arrivera la même chose qu'à ta grand-mère.

Elle se figea sur le trottoir et fixa le sinistre message. C'était la première fois qu'elle avait le sentiment que sa grand-mère n'était pas morte dans ce satané incendie. En fait, cette perspective était bien pire. Sa grand-mère était quelqu'un de lumineux, de solaire. Elle aimait les animaux, les chatons et les chiots poilus. Il y avait des biscuits, des muffins et des fleurs coupées sur toutes les surfaces. Elle riait et sa maison résonnait de musique.

Si elle avait été assassinée… Bon sang, le degré d'horreur était trop insupportable pour l'envisager. Mais à présent que cette idée était montée à la surface, Brandi n'avait aucun moyen de savoir si c'était vrai ou non. Et elle était perplexe quant à ce qu'elle devait faire ensuite.

ÉPUISE APRES UNE journée à marcher, Rowan retourna à son

motel, sachant qu'il allait le payer pendant la nuit. En entrant, il se rendit compte qu'il n'avait pas pris de nourriture pour le dîner. Il jeta son sac à dos et défit les lacets de ses lourdes bottes avant de les retirer. Avec seulement un demi-pied, son équilibre était follement instable. Il allait recevoir une nouvelle prothèse pour ce côté, et il espérait qu'elle serait bientôt prête, mais, en attendant, il était incroyable de constater à quel point c'était difficile de marcher. Il avait passé les six derniers mois à réapprendre à le faire.

Et, bien sûr, il avait également de nouveaux genoux aux deux jambes et des broches dans le dos. Sans compter qu'il lui manquait une bonne partie de ses fessiers. Il avait même subi une chirurgie de l'œsophage, et ce n'était pas tout. En raison de ses blessures physiques, il lui était très pénible de se lever et de se coucher d'un côté. Mais il allait bien mieux que fut un temps, et il était mobile. Il gagnait aussi en force. Faire le tour de la montagne serait tout un défi, mais il était prêt à le relever, car c'était de toute manière la prochaine étape de sa thérapie, avec en prime la possibilité de trouver Hershey. Mais Rowan avait aussi besoin de nourriture. De beaucoup de nourriture. Il s'approcha de la fenêtre et jeta un œil au petit centre commercial de l'autre côté de la rue. En général, il ne fréquentait pas ce genre de motel, mais comme il s'agissait d'un travail gratuit, il ne voulait pas dépenser trop d'argent pour son logement. Il se dit qu'il devait bien y avoir un resto de burger ou quelque chose comme ça à proximité.

Il enfila ses autres chaussures en réajustant la prothèse pour pouvoir marcher avec un peu de matière, puis il prit une veste plus légère et ressortit. Fatigué et affamé, il sentait sa glycémie chuter. Il avait besoin de protéines et d'un repas au plus vite. En se dirigeant vers l'avant, il vit un fast-food de l'autre côté de la route. Il traversa et prit la direction du restaurant.

En entrant, il trouva l'endroit bruyant et bondé de gens qui paraissaient être du coin. C'était toujours bon signe. Il y avait une table vide dans le fond. Il s'installa, et quand la serveuse lui apporta un menu, il sourit devant les photos de gros burgers accompagnés de montagnes de frites. Il observa aussi les assiettes autour de lui, et décida que ce serait son nouveau point de chute au cours de la semaine suivante.

Il commanda le Spécial de Grand-Père, avec une assiette de frites et une bière. Celle-ci arriva en premier, suivie dans les cinq minutes des frites et du burger. Il soupira de bonheur en voyant la taille du sandwich : il n'allait pas mourir de faim ce soir. Il mangea plusieurs frites pour compenser la bière. Il devait se montrer prudent depuis que son pancréas avait pris un coup. La pancréatite n'était une partie de plaisir pour personne et, si le pancréas s'arrêtait de fonctionner, il se retrouverait d'emblée avec un diabète de type 2. Jusqu'à présent, son organe était en voie de guérison.

Le burger lui-même était absolument délicieux. Il grignota tranquillement son repas, alors que son esprit était préoccupé par ce qu'il devait faire. Il voulait prendre contact avec les groupes locaux qui œuvraient à la recherche des animaux délogés par l'incendie, pour voir si quelqu'un avait entendu parler de Hershey. Il voulait aussi contacter tous les habitants du quartier qui étaient encore là, pour voir s'ils avaient vu le chien. Ce qui signifiait qu'il allait devoir beaucoup solliciter ses jambes, et cela ne le dérangeait pas.

Il n'avait pas de date butoir, il travaillait à l'accomplissement d'une tâche. Tout allait bien, sauf que Rowan n'avait trouvé aucun signe de Hershey. Son esprit dériva vers la jeune femme qu'il avait rencontrée sur la colline. Manifestement, elle souffrait encore d'une perte, et, au vu de l'endroit où Rowan l'avait rencontrée et de leur conversation, il présuma qu'elle avait perdu quelqu'un ou un animal dans l'incendie.

— Mais alors elle n'était pas la seule, murmura-t-il.

Ses pertes à lui étaient différentes, et elles provenaient d'un événement soudain dans sa vie ; il ne souffrait pas d'un chagrin durable. D'un autre côté, peut-être que l'événement physique lui-même avait été ce chagrin durable, mais il venait juste d'en sortir. Il termina son dîner, frites et bière comprises. Quand la serveuse arriva avec l'addition, il déposa assez d'espèces sur la table pour régler, avec un pourboire en plus. Il sourit et la remercia. Il sortit du restaurant et se tint sur la marche à l'entrée.

La serveuse arriva derrière lui et lui dit :

— Je prends ma pause maintenant, dit-elle en riant. Je vais fumer une cigarette en cachette, même si je sais que je ne devrais pas.

Il lui sourit.

— Vous n'auriez pas entendu parler d'un chien qui serait revenu après cet incendie ? Connaîtriez-vous un refuge pour animaux ou autre qui s'occupe des animaux récupérés ?

— Il y avait un refuge, mais je ne me souviens pas du nom du groupe. Attendez, ajouta-t-elle avant de filer à l'intérieur du restaurant.

Il resta à l'attendre dehors, heureux qu'elle n'ait pas encore allumé sa cigarette. Ses poumons avaient été endommagés lors de l'accident, et il était incroyablement sensible à la fumée. Il pensait que c'était la raison pour laquelle le site de l'incendie lui-même l'avait tant perturbé.

La serveuse ressortit et annonça :

— Il s'appelle « Coup de main post-trauma ».

Il la regarda, surpris.

— Il me semble que c'est comme ça qu'ils s'appellent.

— Merci beaucoup, dit-il avec un signe de la main, et il repartit vers son motel.

Sortant son téléphone, il fit des recherches et trouva un numéro à contacter en cas de rencontre avec un animal. Il le composa malgré tout, et une femme répondit une fois qu'il avait traversé la route et pris la direction de son hôtel. Il expliqua sa démarche et ce qu'il recherchait.

— Nous n'avons pas reçu de gros chiens comme ça, répondit-elle. Tous les animaux qui ont été récupérés ont été rendus à leurs propriétaires, à l'exception de deux petits carlins, qui ont été de nouveau adoptés. Je peux lancer un appel à tous les sauveteurs pour qu'ils restent attentifs.

— Ce serait génial si vous pouviez faire ça. Je sais que je donne l'impression d'avoir mis des semaines à venir, mais ce n'est qu'hier que j'ai appris que Hershey pourrait avoir survécu après cet incendie.

— Certains de ces animaux font preuve d'une résistance incroyable, dit-elle.

— Hershey fait partie de la division des Chiens de Guerre, et il est passé entre les mailles du filet. Sinon, quelqu'un serait venu ici bien plus tôt.

— Un chien comme lui a déjà traversé l'enfer, répondit-elle avec un ton désapprobateur.

— C'est vrai, et il a aussi sauvé la vie de milliers d'hommes. Alors pour moi, sa vie n'a pas de prix. Il était manifestement destiné à être adopté par une bonne famille et à avoir une bonne retraite.

— Ça au moins, c'est rassurant. Je vais laisser un mot ici au bureau. Avez-vous des photos de Hershey ?

— J'en ai. Je peux vous les envoyer dès que je raccroche.

— Faites donc ça. Envoyez-les-moi par SMS à ce numéro, et je les mettrai sur notre site web, au cas où quelqu'un l'aurait vu.

— Merci beaucoup.

Quand il mit fin à l'appel, il afficha les photos qu'il avait sur son téléphone et les lui envoya rapidement. De retour dans sa chambre, il entra, s'assit et appela Badger pour le débriefer sur la journée.

— C'était un bon premier jour, dans ce cas.

Rowan lui répondit :

— Comment peux-tu dire ça ? Il n'y avait aucune trace du chien.

— Tu as cinq jours pour faire de ton mieux, répondit Badger, et ça, c'est le temps que nous t'accordons. Si tu as besoin ou que tu sens qu'il te faudra plus de temps, alors vas-y.

— Ce sera fait.

Sur ce, il alla prendre une douche chaude avant de se mettre au lit.

CHAPITRE 3

VENDREDI MATIN, LE ciel était clair et dégagé. Incapable de résister à cette même envie, Brandi se leva à son tour, s'habilla et emporta quelques barres protéinées, un thermos de café, deux bouteilles d'eau et de la nourriture pour chien. Elle retourna sur les lieux de l'incendie. Alors qu'elle se garait, un autre véhicule s'arrêta derrière elle. Elle fronça les sourcils en regardant l'habitacle : c'était le type qu'elle avait rencontré la veille. Elle sortit de sa voiture, s'empara de son bâton de marche et fit qu'il faisait de même.

Il s'arrêta, la regarda d'un air surpris, et lui dit :

— Vous ne plaisantiez pas quand vous parliez de revenir, n'est-ce pas ?

— Bien sûr que non. Je viens tous les jours.

— D'accord. Je pourrais vous montrer une photo du chien que je recherche ?

Elle acquiesça. Elle y jeta un coup d'œil, sourit, et lui dit :

— Il m'a l'air d'un sacré personnage.

— Effectivement. Il a été aussi très bien dressé, et je tiens beaucoup à lui, alors si je pouvais le retrouver, j'aimerais le secourir.

Il balaya du regard les collines autour d'eux et lui fit savoir :

— Les dégâts sont étendus sur une si grande surface que

je me demande jusqu'où ils auraient pu aller.

— J'imagine qu'ils ont parcouru une longue distance et qu'ils peuvent toujours revenir. Du moins, je l'espère.

— Vous recherchez un chien ou un chat ?

Sans réfléchir, elle lui répondit :

— Un chien.

Puis elle s'arrêta et le regarda fixement.

L'interlocuteur assura d'un ton doux :

— Il n'y a rien de mal à être encore attaché à un animal qui est peut-être, ou pas, mort dans un incendie.

Elle haussa les épaules.

— La plupart des gens pensent que je suis stupide et que je devrais simplement la laisser partir.

— La plupart des gens ne sont pas des gens comme nous. Nous sommes tous les deux à la recherche de chiens.

Elle hésita.

— Bon, si je le vois, je vous le dis.

— J'en ferai de même. Quel genre de chien cherchez-vous ?

— Un labrador golden, mais elle a des traces plus sombres, plus rousses, dit-elle avant d'ajouter : elle était enceinte.

Il grimaça.

Elle hocha la tête.

— Exactement. J'ai l'impression que ça rend la situation pire encore.

— Il n'y a pas pire, dit-il, en parlant d'un ton bas. C'est simplement très douloureux. Dans quelle direction allez-vous ?

Elle fronça les sourcils, elle n'était pas certaine de vouloir le lui dire.

— Je me dis que si vous partez dans une direction, je

peux en prendre une autre, de sorte de couvrir deux fois plus de terrain.

Elle acquiesça avec soulagement :

— C'est logique.

Elle pointa le doigt vers la gauche.

— Je n'y suis pas allée depuis plus d'une semaine. Je vais partir par là.

Il pointa du doigt vers la droite.

— J'irai par là.

— C'est parfait.

Puis elle s'interrompit. Elle lui dit :

— Je n'ai pas de moyen de vous contacter si je le trouve.

Il sourit alors, et sortit son téléphone :

— Prenez donc mon numéro.

Elle sortit son propre téléphone, et créa rapidement une fiche contact avec son numéro et son nom.

— Rowan… C'est un prénom inhabituel.

À son commentaire, il répliqua :

— Tout comme Brandi.

— Ma sœur s'appelait Whisky ! répondit-elle en riant.

Il leva les sourcils.

— Apparemment, ton père aimait les spiritueux, répondit-il, passant naturellement au tutoiement.

— Je crois qu'il avait surtout besoin de se donner du courage au moment de notre naissance, et que c'est un hommage à ce qu'il a bu ce jour-là. Parce qu'on a failli ne pas survivre à l'accouchement. En tout cas, elle n'a pas survécu, moi si, murmura-t-elle.

On sentait dans sa voix une pointe de tristesse que le temps n'était pas parvenu à dissiper.

Il eut l'air de vouloir dire quelque chose, mais s'en abstint. Il se contenta de lui faire un petit sourire et de dire :

— Si tu reviens juste avant le crépuscule, on se verra à ce moment-là. Sinon, passe une bonne journée. Je vais rester dans les collines la majeure partie de la journée.

— Tu ne vas pas y rester toute la journée, si ?

— J'ai cinq jours pour voir si je peux trouver le moindre signe de Hershey. Je n'ai pas vraiment envie de perdre la moindre seconde.

Avec un signe de la main, il partit sur la droite.

Elle l'observa, remarquant que sa démarche était un peu raide d'un côté. Elle fronça les sourcils, car elle avait conscience de la raideur de ces collines, mais il semblait en bonne forme physique et était assurément déterminé. Il faisait aussi preuve d'intelligence en matière de montée ; il orientait sa marche, jusqu'à ce qu'il arrive à l'endroit où il voulait aller, puis faisait marche arrière et remontait à nouveau.

Elle porta son attention sur le côté gauche, choisit un chemin et se mit elle-même en route. Une heure plus tard, elle se trouvait dans la zone où elle essayait d'aller. Elle avait un sifflet à la main qu'elle avait toujours utilisé pour son chien, et elle l'appela plusieurs fois, dans l'espoir qu'à un moment donné, un jour, le chien l'entendrait. Mais, jusqu'à présent, elle n'avait pas eu de chance. Et elle ne voulait même pas penser aux options qui s'offraient à elle.

Brandi continua à marcher, et environ une heure plus tard, elle entendit un autre sifflet. Elle se retourna et se rendit compte qu'elle avait fait le tour de l'autre côté, plus près de l'endroit où Rowan était parti. Suivant l'endroit où il allait, elle releva son sifflet et recommença. Elle se figea lorsqu'elle crut entendre quelque chose dans les broussailles. Et, là-haut, quelques zones vertes avaient fait leur apparition, là où le feu semblait avoir balayé des pans entiers et laissé une partie du terrain indemne à d'autres endroits. C'était un peu à l'aveuglette, mais il y avait une bande verte droit devant. Elle fronça les sourcils, car elle était presque certaine d'être passée par cette zone à de nombreuses reprises, mais elle semblait différente aujourd'hui.

Elle siffla avec la bouche et pas avec son sifflet métallique, et elle cria :

— Hé, bébé, tu es là ?

Elle entendit un grognement étrange et se figea.

— Bonjour, dit-elle doucement, sans s'approcher davantage.

Quand elle entendit un autre sifflet sur la droite, elle leva les yeux : c'était Rowan cette fois. Elle siffla à son tour dans sa direction, et quand il se tourna, elle lui fit signe.

Son téléphone vibra presque aussitôt. **Tu as trouvé quelque chose ?**

Elle répondit : **Oui, mais je ne sais pas quoi.**

Quand elle leva à nouveau les yeux, il descendait lentement le flanc de la colline vers elle.

Elle leva la main et pointa du doigt les broussailles quand il était à environ trois mètres d'elle.

— Hershey ?

Il y eut un bruissement. Puis Rowan appela de nouveau.

— Tu crois que c'est lui ?

— Je ne suis pas sûr.

Il se plaça à côté d'elle. Le traqueur s'agenouilla et cria :

— Hershey ? C'est toi, mon garçon ?

ROWAN SAVAIT QUE sa voix était différente avec les lésions pulmonaires qu'il avait subies, et il était fort possible qu'Hershey ne le reconnaisse pas.

— Hé, mon pote. Viens ici, mon garçon.

Et c'était aussi absurde d'imaginer que c'était Hershey, mais Rowan ne voulait pas prendre le risque que ce soit un de leurs chiens ou même le chien de quelqu'un d'autre qui ait besoin d'aide. Il siffla doucement plusieurs fois. Il se releva et avança de plusieurs pas. Un autre grognement leur parvint depuis le buisson pour l'avertir de s'arrêter.

Il recula et demanda à Brandi :

— Est-ce que ça ressemble à ton chien ?

Elle secoua la tête.

— Non. Mais ça ne veut pas dire grand-chose.

Il hésita, les yeux rivés sur le buisson.

— Eh bien, nous pourrions essayer de le débusquer, mais il pourrait sortir et être prêt à l'attaque.

— Mais il ne devrait pas attaquer, sauf s'il est blessé ou s'il protège quelque chose.

— C'est sûrement sa nouvelle maison, expliqua Rowan, étudiant la cachette que le chien avait trouvée, si c'était bien un chien. L'autre option, c'est que ce n'en soit pas un.

— Je me suis posé la question. Est-ce qu'on essaie de le nourrir ?

Il lui jeta un regard de côté.

— Tu as de la nourriture pour chien ?

La jeune femme hocha la tête et abaissa lentement son sac à dos à ses pieds.

— C'est probablement le chien de quelqu'un d'autre, murmura-t-elle.

— Dépose un peu de nourriture en évidence, là où le chien pourra l'attraper, et ensuite nous reculerons et nous verrons bien s'il sort.

Elle fit un pas en avant, et les deux entendirent un grognement d'avertissement. Elle ouvrit la boîte et versa un tas de nourriture sur le sol avant de battre en retraite.

Ils s'éloignèrent encore de trois mètres et l'homme dit :

— Asseyons-nous ici pour observer.

Les deux se laissèrent tomber au sol, où ils étaient dans une position bien moins menaçante pour l'animal, et ils patientèrent. Il n'avait pas les yeux rivés sur l'endroit, mais il le gardait dans sa vision périphérique. Beaucoup d'animaux étaient sensibles aux regards, et ne bougeraient pas s'ils se sentaient observés. Juste au moment où il allait perdre espoir, il entendit un bruissement très faible. Et quelque chose de petit et pataud sortit de dessous, attiré par l'odeur de la nourriture, et attaqua la pâtée pour chiens très rapidement. Puis un chien plus petit sortit à son tour. Il chuchota :

— Tu as dit que la tienne pouvait avoir des chiots ?

— Oh, mon Dieu, murmura-t-elle.

Le chiot sorti en premier avait l'air d'aller bien, mais le second avait l'air d'avoir pas mal souffert. Compte tenu des circonstances, les deux étaient dans une forme remarquable.

— Tu crois qu'ils sont à toi ?

— C'est possible, répondit-elle. Ils ressemblent beaucoup à Lacey, mais ils ne me connaissent pas, dit-elle d'un ton déconcerté et triste. Où est leur mère ?

— Je ne suis pas certain, mais ils attaquent cette pâtée comme s'ils n'avaient rien mangé.

— Je veux leur en donner plus, décida-t-elle immédiatement. Comment pouvons-nous les faire venir ?

— Le problème, dit-il d'une voix très basse, c'est que ce ne sont pas les chiens qui nous ont grogné dessus.

Il se tourna vers elle, vit qu'elle le fixait, et elle déglutit.

— Alors ?

— Il y a un chien là-dedans, qui est peut-être blessé, et ne veut pas que nous approchions. Ou il a sûrement essayé d'empêcher les chiots de sortir. Ou bien il essaie de protéger un autre chien.

— Aucune de ces options n'est bonne. Il y a trop d'inconnues.

— C'est vrai, dit-il, mais quelle quantité de nourriture pour chien as-tu ? Je crois que nous devrions les laisser, leur accorder un peu d'espace et revenir demain.

Elle fronça les sourcils : elle n'aimait pas l'idée de les laisser.

— Nous avons repéré l'emplacement. Nous n'avons pas de laisses pour trois chiens. À moins que tu en aies ?

Elle secoua la tête.

— Je cherchais ma chienne, la mère. Il ne m'est jamais venu à l'esprit que peut-être elle avait eu ses bébés et qu'ils seraient toujours en vie.

Il vit des larmes se former au coin de ses yeux à cette idée.

Elle les essuya avec impatience.

— C'est un tel crève-cœur, souffla-t-elle.

— Techniquement, c'est une bonne chose, dit-il, parce que maintenant nous savons qu'il y a ici des chiens qui ont besoin d'aide, et nous sommes en position de la leur apporter.

Elle lui adressa un sourire à la fois éclatant avec ses yeux larmoyants.

— C'est tout à fait vrai, répondit-elle, mais je n'ai pas envie de les quitter.

— Eh bien, faisons un compromis, proposa-t-il. On les laisse un peu tranquilles, on retourne aux voitures faire une pause. Cela permet de diminuer la pression sur eux, pour qu'ils n'aient pas l'impression que nous sommes là à les hanter, et nous revenons plus tard.

— Tout de suite ?

— Je voudrais acheter une laisse. Ou peut-être trois ou quatre. Ensuite, nous déciderons quoi faire.

— Ça fonctionne aussi, dit-elle en hochant lentement la tête. Mais être si proches…

— Cela n'aide pas à gagner leur confiance, murmura-t-il. Il lui attrapa la main.

— Regarde de côté, et je crois que tu pourras voir que quelque chose nous observe du fond du buisson.

Elle le dévisagea et lui demanda :

— Comment arrives-tu à voir ça ?

— Je regarde avec ma vision périphérique. C'est une chose qu'ils sachent qu'on est là, c'en est une autre pour eux de penser qu'on est après eux.

— Et, évidemment, ils ne comprennent pas que nous sommes ici pour les aider, n'est-ce pas ?

— Exactement. À la seconde où ils se sentiront menacés, nous ne pourrons plus nous approcher d'eux. Ils ont été seuls trop longtemps. Et nous ne savons même pas qui sont ces animaux.

Elle acquiesça.

— Qu'est-ce que tu suggères ?

— Je suggère que nous battions un peu en retraite.

Elle hocha la tête et prit une autre boîte de nourriture pour chiens qu'elle ouvrit et qu'elle déposa un tas tous les trois mètres jusqu'à l'endroit où ils étaient assis, à une cinquantaine de mètres de là. Elle s'assit sur le sol et dit :

— C'est si cruel de le laisser maintenant que nous les avons trouvés !

— Nous ne sommes qu'à dix minutes de nos voitures, répondit-il d'un ton calme. Si tu veux rester là, je peux aller chercher des cordes.

Elle leva vers lui des yeux reconnaissants.

— Cela te dérangerait-il ?

— Non, pas du tout, dit-il, mais souviens-toi aussi que ce n'est peut-être pas ton chien.

Elle soupira.

— Je sais, mais je ne veux pas prendre le risque que ce soient les miens. Ces deux-là pourraient très bien être les chiots de Lacey.

— Compris. Je serai de retour dans trente minutes.

Brandi secoua la tête.

— Impossible. On est à dix minutes des voitures.

— J'ai du matériel dans le véhicule. Le seul truc, c'est que je ne suis pas sûr d'en avoir assez. Je ne m'attendais pas à trouver plus d'un chien.

Enfin, il s'en alla lentement.

CHAPITRE 4

BRANDI REGARDA ROWAN se diriger lentement vers le bas de la pente et disparaître de sa vue. Elle n'avait rien dans son véhicule qui pourrait être utile dans cette situation. Elle songea à toutes ces fois où elle était venue sans jamais voir ces chiens. Et là, pourtant, elle en voyait plus d'un. Ils s'étaient donc regroupés en meute, ce qui était un comportement assez courant. Elle n'aurait pas pu s'en occuper sans une corde : et si ce n'étaient pas les siens ?

Ces chiots sauvages ne la connaissaient pas du tout. Ce qui était le plus déchirant pour elle, c'était de voir que l'un d'entre eux était en piteuse forme, et que l'autre semblait dominant, plus grand, plus agressif et audacieux. Il avait bien compris ce qu'était la nourriture pour chien, et il avait englouti tout ce qu'il pouvait. La seconde boîte allait subir le même sort.

Assise, elle but un peu et regarda les deux chiots qui ressortaient à la recherche de plus de nourriture. Ils trouvèrent le second tas de nourriture et le dévorèrent. Un aboiement aigu provenant du petit coin aveugle dans les broussailles les fit revenir en courant dans un creux caché à cet endroit.

Elle avait sorti son appareil photo et prenait autant de photos qu'elle le pouvait. Apparemment, il s'était écoulé bien plus de trente minutes depuis le départ de Rowan. D'après sa montre, plus de quarante-cinq minutes étaient passées avant qu'elle n'entende un bruit et qu'elle ne se retourne pour voir Rowan remonter la colline. Elle voyait la tension au coin de sa bouche quand il grimpa en ligne droite cette fois.

— Je suis désolée. C'est beaucoup d'effort physique pour toi.

— Mon thérapeute m'a dit de sortir et de faire plus de randonnée. Je ne suis pas sûr qu'il voulait que je fasse tout en même temps.

Son ton était juste assez humoristique pour qu'elle se rende compte qu'il n'était pas du tout contrarié.

— Les chiots sont allés vers le deuxième tas de nourriture.

— Bien. C'est une bonne nouvelle. Je vais faire le tour. Je ne sais pas ce qu'il y a d'autre ici avec les chiots, mais ce serait vraiment chouette de trouver un moyen de le découvrir.

— À moins d'avoir un drone à faire voler à l'intérieur ou un petit robot qui pourrait s'y glisser, ou encore d'y glisser une caméra d'une manière ou d'une autre, nous ne pouvons pas vraiment savoir.

Il la dévisagea un long moment.

Elle se mit à rire, et secoua la tête.

— Je plaisantais.

— Pas moi. J'ai apporté une caméra.

Elle le regarda, choquée.

Il haussa les épaules.

— Tu te souviens ? Je suis un militaire.

— Ex-militaire, corrigea-t-elle.

— C'est vrai, mais certaines habitudes sont difficiles à abandonner.

Elle le regarda avec méfiance. Il sourit, haussa les épaules et lui dit :

— Ne t'inquiète pas pour ça. Mais je vais encore t'abandonner.

ROWAN PARTIT, DECRIVANT un large cercle autour de la tanière des animaux, heureux que les chiots sortent, mais se demandant ce qui se tramait à cet endroit. Et, même si c'était Hershey à l'intérieur qui grognait, il ne parvenait pas à reconnaître la voix de Rowan. C'était logique pour lui, après tous les chocs physiques qu'il avait encaissés. Pour commencer, il avait sauté sur une bombe sale, et avait été frappé par des clous et des pointes à de multiples endroits. Il n'était plus certain d'avoir la même odeur pour le chien après tout ce temps. Après toutes les opérations chirurgicales.

Il grimpa et fit le tour par l'arrière, surveillant le creux à bonne distance, prenant des photos au fur et à mesure. C'était une bande de végétation convenable ; toutefois, depuis le sommet, il ne pouvait voir que légèrement dans le creux. Il parcourut encore trois bons mètres dans les broussailles avant de s'arrêter. Il avait une bonne idée de l'endroit où se trouvait la véritable tanière, et il s'en approchait maintenant. Les deux chiots s'étaient donc faufilés dans une sorte de grotte. Ce qui était aussi sacrément intelligent. Il parvint à descendre encore un mètre ou deux, puis, après réflexion, il éteignit son téléphone, afin que personne ne puisse le joindre et déranger ce qu'il faisait.

Il attacha l'appareil à une perche télescopique qu'il avait emportée. Il la manœuvra au niveau du sol. Il vérifia ce qu'il pouvait voir, mais il n'y avait que de la terre, de l'herbe et des broussailles. Il estimait que les chiots devaient être à moins de trois mètres devant lui, mais la perche télescopique n'en mesurait que deux. Il se faufila donc un peu plus près et déplaça de nouveau la perche. Il lui fallut quarante-cinq bonnes minutes de patience avant de voir enfin quelque chose apparaître devant la caméra. Il y eut du mouvement. Il attendait, juché très calmement, la respiration courte, quand il crut voir quelque chose s'approcher de la caméra, puis passer devant. En l'orientant différemment, il parvint à voir un troisième chiot, et ce qui ressemblait à deux adultes. Des adultes très, très différents.

Il devait voir la femelle et le mâle pour savoir à quoi il avait affaire. Finalement, la femelle apparut. Elle était blessée et présentait des brûlures et des cicatrices, mais il s'agissait bien d'un labrador femelle dont le pelage était de couleur rougeâtre. Il prit plusieurs captures d'écran avec le flux de la caméra dans son téléphone portable, pas de très bonne qualité, mais peut-être pourrait-il les envoyer à Brandi en bas et les lui montrer.

Maintenant, il espérait pouvoir prendre une photo du mâle. Cela lui prit encore dix à quinze minutes, et finalement il arriva dans son champ de vision, et son cœur manqua un battement. Était-ce possible ? D'après ses souvenirs, le chien ressemblait à Hershey. Il prit rapidement quelques clichés puis s'assit, les contemplant sur son écran en secouant la tête. Du fond de son cœur, il avait vraiment espéré retrouver son chien. Rien qu'à penser à Hershey ici, tentant de vivre dans ces circonstances… Et évidemment, il s'occupait et protégeait la femelle et ses petits. Rowan secoua la tête. D'une certaine manière, ces animaux perdus avaient formé une famille.

Il avait le cœur brisé pour les horreurs qu'ils avaient vécues, mais en même temps, il était absolument ravi de voir qu'ils allaient si bien. Même si la femelle souffrait, et que

Rowan n'était pas certain de l'état du troisième chiot, qui n'allait pas très bien non plus. Ils avaient survécu. Si Rowan et Brandi pouvaient leur obtenir une aide d'urgence, ils pourraient tous s'en sortir. Cela demanderait beaucoup de travail, mais la majeure partie de ces efforts viendrait du fait que tout le monde devait apprendre à se faire confiance. Et c'était une tout autre histoire.

Ces animaux étaient sauvages. En fait, ils l'étaient depuis des semaines.

L'ex-militaire inclina un peu plus l'appareil photo, essayant d'avoir une meilleure prise de vue, prenant autant de clichés et de vidéos des animaux qu'il le pouvait. Finalement, il retira lentement l'appareil en entendant un grognement. Rowan ignorait ce qu'Hershey avait entendu, mais, au cas où il aurait été visé, il rapporta la perche télescopique vers lui, la laissant se refermer avec des clics très doux, alors qu'elle passait de deux mètres à un tube de trente centimètres avec sa caméra au bout. Il rangea rapidement le tout dans son sac à dos et repartit lentement.

Le chemin du retour n'était pas une partie de plaisir. Le temps de revenir, il avait chaud et il était en sueur. Le soleil était haut, et une étrange atmosphère calme flottait dans l'air, ce qui le rendait plus alerte que jamais. Il resta assis un moment à essuyer la sueur de son visage, et balaya les environs du regard pour voir où était Brandi. Elle était toujours assise au même endroit. Il sortit son téléphone et lui envoya la capture d'écran de la chienne. Il y inclut une note.

C'est elle ?

Au lieu d'un SMS en réponse, il reçut un appel.

— Oh, mon Dieu ! souffla-t-elle dans son oreille. C'est elle. C'est elle.

— Eh bien, elle est blessée, et on dirait que ce sont ses

petits. Il y en a un troisième.

— Mon Dieu, murmura-t-elle. Jamais je n'aurais pensé…

Il entendit l'émotion qui étouffait sa voix.

— Mais nous sommes loin de pouvoir la sortir d'ici en toute sécurité.

— Elle devrait me reconnaître. Je devrais pouvoir entrer et l'aider.

— Arrête, lui ordonna-t-il d'une voix dure. Elle n'est pas seule.

— Qu'est-ce que tu veux dire ?

— Je pense que mon chien est là-dedans, et qu'il monte la garde. Ce n'est pas la même histoire.

— Pourquoi ? demanda-t-elle avec méfiance.

— C'est un chien qui a reçu une formation militaire, et tant qu'il ne me reconnaîtra pas, j'aurai du mal à le calmer. Elle est blessée et il fait tout ce qu'il peut pour l'aider.

— C'est quand même bien, remarqua Brandi.

— C'est une bonne chose, mais j'ai été opéré de l'œsophage et ma voix n'est plus la même. Je ne sais même pas comment il va réussir à se souvenir de moi avec toutes les opérations que j'ai subies.

Il exposa tout cela d'un ton calme : il réfléchissait au problème.

— Eh bien, nous ne pouvons pas simplement les laisser là. Comme tu l'as dit, Lacey est blessée et elle aura besoin d'attention. Et son troisième chiot…

— Ils ont besoin des soins appropriés. Si nous essayons d'en attraper un, nous nous ferons mordre tous les deux.

— Eh bien, je n'ai pas vraiment envie de faire venir les secours. Ils vont aller là-dedans avec des boucles, des chaînes, et tracter les chiens. On aura du mal à les récupérer ensuite.

— As-tu des suggestions ?

— On pourrait tenter de les séparer. Ensuite, on fait sortir Lacey.

— Elle ne pourra peut-être pas marcher. Je crois que Hershey a chassé et ramené de la nourriture pour elle et les chiots. La nourriture pour chien leur facilite la tâche, mais ça ne suffit pas forcément.

Juste à ce moment-là, il crut apercevoir une lueur sur la colline en face de lui.

— As-tu vu quelqu'un d'autre dans le coin ?

— Non. Nous sommes seuls ici.

— Intéressant, murmura-t-il. Je viens de voir quelque chose qui reflétait la lumière là-haut, ce n'est pas normal.

Il se déplaça très légèrement pour ne plus être ébloui, et chercher à comprendre ce qu'il voyait. Mais le reflet revint, et il se figea : grâce à ses souvenirs de l'armée, il savait exactement ce dont il s'agissait.

Il chuchota dans le téléphone :

— Trouve-toi un endroit où te cacher immédiatement.

— Pourquoi ? s'écria-t-elle, surprise.

— Fais-le, dit-il d'un ton empreint d'urgence. Maintenant !

Le seul son qu'il entendit ensuite fut un claquement quand le coup de feu partit en direction de Brandi.

CHAPITRE 5

BRANDI PLONGEA DERRIERE l'arbre au moment où l'écorce se fendait au-dessus de sa tête. Elle était choquée, se demandant ce qui venait de se passer. Au loin, elle entendit Rowan lui crier d'esquiver. Elle glissa plus loin derrière l'arbre, se couchant sur le sol, la main sur le cœur, et s'aperçut que le bruit fort était un coup de feu. Quelqu'un avait essayé de lui tirer dessus. Ou était-ce un chasseur idiot ? Elle avait envie de le croire plus que la première solution, mais c'était tout aussi déconcertant de se dire qu'un enfoiré là-haut tirait sur tout ce qui bougeait. Elle avait cru entendre des coups de feu plusieurs fois pendant les semaines qu'elle avait passées à chercher Lacey, espérant qu'il s'agissait simplement d'abréger les souffrances des animaux mourants, alors ce n'était pas inhabituel, mais là, c'était vraiment très proche.

Et ce n'était pas dirigé vers un animal à quatre pattes.

Sur la colline au-dessus, elle entendit un bruissement. Elle n'osa pas regarder autour d'elle pour voir si le tireur s'était enfui ou non. Et elle ne savait pas ce qui arrivait à Rowan, mais, quand elle se retourna pour regarder, au lieu de descendre pour l'aider, il avait remonté la colline après le tireur.

Elle éclata d'un rire étonné en le voyant faire.

— Bon sang ! dit-elle. Il n'est même pas armé. Qu'est-ce

qu'il va faire ?

D'une certaine manière, elle se dit qu'il savait ce qu'il faisait, et que ce n'était pas à elle d'en juger. Il avait déjà fait preuve de plus d'esprit d'entreprise et de savoir-faire que ce à quoi elle s'attendait, et ils avaient trouvé les chiens. Apparemment, son chien à lui et son chien à elle, plus les chiots. Elle avait beau être bouleversée, elle était terrorisée à l'idée de ce que Lacey était en train de vivre Elle ne bougeait pas, elle était sûrement blessée. Cela brisait le cœur de Brandi. Depuis combien de temps Lacey était-elle blessée et était-ce dû à l'incendie ? Mais comment avait-elle réussi à tenir aussi longtemps avec ses petits ? Elle devait souffrir terriblement.

Le téléphone de Brandi vibra quelques minutes plus tard alors qu'elle était assise, repliée contre le tronc.

Ne bouge pas.

Elle ricana : **Je ne bouge pas.**

J'arrive vers toi.

Elle se figea à cet instant parce qu'elle n'avait rien entendu. Elle n'osait pas non plus se retourner pour jeter un coup d'œil derrière l'arbre. Quand elle entendit un léger bruit sur sa gauche, elle se déplaça sur la droite. Son téléphone vibra de nouveau. **Je suis à une cinquantaine de mètres.**

Elle envoya un nouveau SMS.

Es-tu seul ?

Oui, il s'est échappé. Merde.

Elle soupira de soulagement et se tordit légèrement pour voir Rowan venir vers elle. Quand il fut à portée de voix, elle se leva et fit le tour de l'arbre.

— Est-ce que quelqu'un vient d'essayer de me tirer dessus ?

Il la regarda, le visage sinistre.

— Je t'aurais bien posé la même question, mais de mon

point de vue, c'est un oui.

Elle frissonna et replia ses bras autour de sa poitrine en dépit de la chaleur de l'après-midi.

— Pourquoi ? s'écria-t-elle.

— C'est ma prochaine question, répondit-il avec une pointe d'humour. J'ai du mal à imaginer ce qui se passe, et je ne sais si ça a quoi que ce soit à voir avec les chiens.

— Pourquoi cela aurait-il un rapport avec les chiens ?

— Parce que nous sommes ici, et que nous les avons trouvés. Je ne peux pas t'en dire plus.

— C'est vrai. Il faut qu'on aille là-haut et qu'on fasse sortir Lacey.

— Ce serait le moment idéal, mais ça risque d'être compliqué.

Il avança encore de quelques pas vers elle et lui demanda, l'air inquiet :

— Est-ce que tu vas bien ?

Elle hocha la tête :

— Il m'a fallu quelques minutes pour comprendre ce qui venait de se passer.

Elle s'accroupit derrière l'arbre, lui laissant de l'espace pour qu'il puisse l'y rejoindre.

— Je ne comprends pas pourquoi.

— Je ne sais pas non plus, mais nous allons devoir le découvrir.

— Ou alors c'était simplement le hasard, dit-elle, pleine d'espoir, et il n'y a rien à comprendre.

Elle tourna la tête vers l'endroit où se trouvaient les chiens.

— Que faisons-nous d'eux ?

— Je ne sais pas. J'ai des laisses pour eux, et nous pourrons sans doute attirer les petits à l'extérieur, mais je ne suis pas certain qu'on puisse aller se mettre face à Hershey et Lacey.

— Si elle est blessée, elle devrait se montrer plutôt docile. Ça n'a jamais été une grande bagarreuse.

— Elle a aussi traversé pas mal de choses récemment, lui rappela-t-il. En plus, elle vient d'avoir des chiots, et c'est une mère protectrice. Et ça fait des semaines qu'ils se débrouillent seuls.

Elle approuva d'un signe de tête.

— Je pense quand même que je peux me rapprocher d'elle.

— Peut-être, mais je ne sais pas si tu peux t'approcher d'elle avec Hershey qui monte la garde.

Elle le regarda de travers.

— À quel point ta voix a-t-elle changé ?

— Elle a pas mal changé, répondit-il lentement. Je ne sais pas ce qu'Hershey a traversé depuis qu'on ne s'est pas vus. Dès qu'il me reconnaîtra, je pense que ça ira, mais je ne sais pas ce qu'il faudra pour que ça arrive.

— Tu pourrais essayer de lui parler, afin de voir si tu peux faire en sorte qu'il se souvienne de toi. Peut-être pas ta voix elle-même, mais il y a forcément des ordres qu'il a l'habitude de t'entendre lui donner.

— J'étais justement en train de réfléchir aux ordres que je pourrais lui donner entre lui et moi. Des ordres qu'il reconnaîtrait de moi, son maître-chien. Le truc, c'est que s'il est lié à Lacey et aux chiots, ça pourrait annuler tout ce que je pourrais faire pour l'atteindre.

— Ça, je n'en sais rien. Tant qu'il comprend que nous ne sommes pas là pour faire du mal à qui que ce soit, je crois que ça l'aidera.

— Et dis-moi, dit-il sur le ton de la conversation, si nous

parvenons à récupérer les chiens, où les emmènerons-nous ?

Elle grimaça.

— J'étais assise à t'attendre et je réfléchissais à la question, parce que j'habite un petit appartement meublé. Où vis-tu ?

— Au motel en haut de la route. Et si nous avons un chien blessé, il aura besoin de soins.

— Le vétérinaire de Lacey n'est pas très loin d'ici. Nous aurions les chiots et Hershey, si c'est bien lui, et Lacey devrait aller se faire soigner.

— Et les soins à long terme, la chirurgie et les soins d'urgences pour au moins deux chiens sont extrêmement coûteux.

Elle serra les dents.

— Je serai ravie de payer pour les sauver, répliqua-t-elle.

— Je m'en assure juste, on est en train d'établir un plan.

Elle se détendit légèrement.

— Je comprends. En même temps, nous ne pouvons pas les laisser ici.

— Ce n'est pas tout de venir ici tous les jours avec de la nourriture pour chiens.

— Et s'ils partent ailleurs, nourriture ou non, pour nous éviter ?

Rowan opina du chef.

— Si tu veux t'asseoir ici un moment, je vais voir si je peux me rapprocher.

L'homme se dirigea vers l'espace vert où se trouvaient les chiens. La jeune femme, elle, entendit le mâle grogner quand Rowan arriva à trois ou quatre mètres d'eux. Et ce qu'il fit ensuite la prit au dépourvu. Au lieu de reculer, il s'avança de trois pas et s'assit en tailleur sur le flanc de la colline. Ensuite, il se contenta d'attendre.

LE TRUC AVEC les chiens comme ça, c'était qu'ils devaient se sentir à l'aise en votre présence, et ils devaient comprendre que vous n'alliez pas partir juste parce qu'ils grognaient. Rowan luttait encore intérieurement avec le coup de feu tiré sur Brandi. Il y avait forcément une raison, il ne croyait pas au hasard. Brandi n'avait probablement pas envie de parler de ce qui se passait dans sa vie. Elle s'était montrée très renfermée. Pas effrayée, mais distante.

Protectrice, peut-être ? Il faisait de même, car vous ne saviez pas exactement qui était à vos côtés et qui était après vous. Toutefois, penser que quelqu'un l'avait suivie jusqu'en haut de la colline et qu'il pouvait revenir et tourner autour d'elle était une pensée intimidante. Rowan entendit Hershey grogner à sa manière discrète.

— Je sais que tu ne reconnais pas ma nouvelle voix, et j'en suis vraiment désolé, mais tu devrais te souvenir de certaines des choses que nous faisions ensemble.

Il ramassa un bâton carbonisé d'un côté. Il le cassa en deux et en lança une moitié vers le chien.

— Je me souviens que tu aimais jouer avec des bâtons. Tu aimais aller les chercher et me les ramener.

Le maître jeta l'autre moitié vers le buisson.

— Je sais que tu t'es trouvé une nouvelle famille ici, et je suis tout à fait d'accord. Je n'arrive pas à croire dans quelle situation nous nous sommes retrouvés. Je n'avais aucune idée d'où tu étais, ou que tu avais été mis à la retraite, et encore moins que tu avais été adopté, ou que tu avais été séparé de ta nouvelle famille civile. Crois-moi. Si j'avais su qu'il était possible de t'adopter, et que tu étais prêt, j'aurais été le premier dans la file d'attente, et pour ça, je suis désolé aussi.

Je me suis tellement concentré sur mes interventions chirurgicales et mes cauchemars de guérison qu'à l'époque, je n'aurais probablement pas envisagé de prendre un chien. Mais tu as vécu l'enfer et tu en es revenu, et je suis navré pour le rôle que j'ai pu jouer dans tout ça.

Il parlait à voix basse, sur le ton de la conversation, sachant que le chien aurait du mal avec sa voix, mais pas avec son ton. Puis Rowan se rapprocha d'une quinzaine de centimètres. Le chien continua de grogner, mais la tonalité ne changea pas. Rowan se pencha vers eux, totalement détendu.

— Si tu me laisses jeter un coup d'œil sur elle, je pourrais peut-être l'aider.

Évidemment, aucune réponse ne lui parvint depuis le buisson. Puis il se souvint de quelque chose. Il sortit de sa poche une barre protéinée au beurre de cacahuètes, au miel et aux flocons d'avoine. Celles qu'il préférait et qu'il mangeait depuis des décennies. Il avait l'habitude de les partager avec Hershey, quand ils étaient en déplacement et privés de nourriture pendant trop longtemps. Il en cassa un morceau qu'il jeta dans la direction de Hershey. Ensuite, il lui tourna délibérément le dos. Il en mordit un morceau, et en cassa un autre. Quand il se tourna pour regarder, le premier avait déjà été englouti. Il sourit et jeta le suivant.

— Tu te souviens peut-être de ça…

Il voyait Brandi assise plus bas, le dos contre l'arbre, en train de les regarder. Il lui adressa un sourire rassurant.

Elle s'inquiétait plus de sa femelle qui était là. Le fait que Brandi soit venue pendant des semaines et qu'elle n'ait trouvé aucun d'entre eux en disait long sur la manière dont Hershey avait joué les chiens de garde-sauveteur. Il y avait également des kilomètres et des kilomètres de terre calcinée tout autour. Ce n'était pas la seule zone verte, mais c'était l'une des plus profondes que Rowan avait vues.

Il mordit une troisième fois dans la barre et en jeta encore un à Hershey, pas aussi loin cette fois. S'il le voulait, le canidé allait devoir sortir un peu de son abri. Rowan détourna la tête et mordit à nouveau dans la barre. Il brisa un autre morceau, puis tourna la tête, et se trouva nez à nez avec Hershey.

L'homme prit une lente et profonde inspiration et s'exclama :

— Salut, mon pote !

Son cœur fut rempli de joie.

— Je suis vraiment désolé que ma voix soit un peu différente aujourd'hui, mais tu sais quoi ? J'espère que mon odeur, elle, n'a pas changé. Mon corps est passé entre les mains de pas mal de docteurs dans de nombreux hôpitaux, et plein de trucs cool comme ça, mais à l'intérieur, c'est toujours moi. Je n'ai pas changé.

Craignant de parler au chien pour l'instant, et encore plus de lui tendre la main, Rowan continua de donner à Hershey du temps ainsi que des petits morceaux de la barre protéinée. À un moment donné, il leva les yeux et le chien le considéra d'un air confus.

— Salut, Hershey, dit-il en tendant la main.

Le chien lui renifla les doigts. Il recula. Rowan savait que Hershey était perdu ; l'odeur était proche, mais pas tout à fait la même, et datait d'il y a longtemps. Il se pencha encore en avant, et cette fois il leva l'autre main, celle qui n'avait pas subi de chirurgie. Hershey renifla puis gémit.

Rowan sourit.

— Hé, mon garçon. Je suis tellement heureux de t'avoir trouvé.

Et d'un coup, un interrupteur se déclencha, et le chien se jeta sur Rowan. Il remua la queue, sauta, courut autour de lui, sauta encore, et le plaqua au sol. Rowan resta allongé sur le dos à rire, laissant le chien le saluer.

— Ça fait longtemps, mon garçon.

Il caressa doucement le grand animal, promena ses mains sur lui, lui prodiguant son amour, se réjouissant de son accueil, sachant que ce lien n'avait jamais été rompu. C'était le truc avec les animaux. Ils se souvenaient. Il avait fallu un peu de temps à Hershey pour s'habituer aux différentes odeurs de Rowan, et à sa voix différente aussi, mais après ça, l'affaire était réglée.

Finalement, il se coucha, à moitié sur et à moitié à côté de Rowan, et posa sa tête sur sa poitrine. Il se contenta de tenir le chien pendant un long moment.

— Ces deux années ont été difficiles, n'est-ce pas, mon pote ? J'ai entendu dire que tu avais pu prendre ta retraite et pourtant, regarde ce qui est arrivé ! Il m'est arrivé quelque chose de similaire.

Il entendit la voix de Brandi sur le côté, qui lui disait :

— Les deux chiots arrivent vers toi.

Rowan leva doucement une main qu'il posa sur une fourrure douce. Le chiot recula un peu avant de revenir. Hershey aboya, et rapidement les deux petits l'entourèrent. Rowan gloussa en voyant les boules de poils. Il dit à Brandi :

— Tu peux essayer de monter, si tu veux.

— C'est sûr ? demanda-t-elle d'un ton sec.

Il haussa les épaules.

— Je n'en sais rien, mais Hershey m'a reconnu, et il nous fait assez confiance pour avoir fait venir les chiots.

Pendant que Hershey était occupé, il parvint à prendre une corde et à l'accrocher autour du cou du chien. Celui-ci ne sembla pas perturbé le moins du monde. Dans le cadre de sa formation, le chien avait été habitué à être tenu en laisse. Il avait aussi l'habitude de recevoir des ordres, et que quelqu'un fasse preuve d'autorité envers lui.

Avec un grand sourire, Rowan se redressa doucement, avec des gestes lents, pour que les chiots ne soient pas trop effrayés. Il enroula doucement une corde autour du premier, la serrant suffisamment pour qu'il ne puisse pas en sortir la tête, la laissa traîner derrière lui, pour qu'il s'y habitue. Le chiot semblait la considérer plus comme un jouet qu'autre chose, il se roulait, attrapait la corde et la mâchait. Rowan saisit la première occasion pour glisser une autre corde autour du cou de l'autre chiot.

— Ces trois-là ont tous des laisses maintenant ! Tu veux venir voir si tu peux entrer en contact avec Lacey d'ici ?

— Je suppose que c'est ma seule chance, non ?

Brandi s'approcha lentement et s'accroupit. Hershey se tourna pour la regarder et grogna.

Rowan tendit immédiatement la main :

— Amie, Hershey. C'est une amie.

Il dressa les oreilles, et baissa les yeux sur Rowan. Celui-ci lui sourit gentiment en lui frottant le front.

— Je sais que cela fait longtemps, n'est-ce pas ? Mais c'est une bonne personne. Tout va bien. Nous sommes ici pour aider Lacey, pas pour lui faire du mal.

Brandi s'approcha et salua les chiots. Ils se roulaient au sol, attrapaient leurs cordes et tiraient dessus.

— Ils sont si spéciaux !

— Ce sont des chiots ! dit-il en riant, toujours assis par terre. Maintenant que ces trois sont attachés, tu peux te rapprocher et parler à Lacey pour lui expliquer ce que nous allons faire.

Elle regarda Hershey.

— Tu le maîtrises ?

Rowan remarqua sa nervosité.

— Il va s'en sortir. Je l'ai attaché à une corde. Il est parfaitement dressé pour la laisse. Ne fais pas de gestes brusques et monte parler à Lacey.

Il regarda Brandi se rapprocher de la tanière que les chiens avaient créée ensemble, en parlant doucement à Lacey. Quand il entendit un gémissement venant du trou, il sourit et dit :

— Tente le coup. Je crois qu'il y a un autre chiot.

— Si le chiot est vivant, chuchota-t-elle.

— Nous ne pouvons gérer que ce que nous avons sous la main. Espérons que tout le monde est en vie.

Il la regarda se rapprocher lentement, de plus en plus près. Hershey l'observait aussi, les oreilles dressées, à l'évidence perturbé par la tournure des événements, mais pas assez pour agir.

— Bon garçon, fit Rowan. Bon garçon.

Hershey baissa les yeux et frotta son nez sur Rowan. Il souffla fort contre son cou. Rowan entoura sa crinière de ses bras et enfouit son visage dans son cou. Il espérait qu'elle aurait autant de chance avec Lacey, parce qu'il avait bien l'impression que la chienne était gravement blessée.

Quand il entendit une voix étranglée l'appeler, il se tourna et la vit dire « Rowan » en lui tendant un troisième chiot.

— Il est vivant, mais en mauvais état.

— Tu vois pourquoi ?

— Non. Il était juste allongé là.

Il se déplaça très lentement pour pouvoir tendre sa main, et elle déposa doucement le chiot dans ses bras. Il le blottit contre sa poitrine, tandis que Hershey le frottait de son nez.

— C'est ta fille adoptive ?

Rowan examina le petit, mais il ne voyait pas où était le problème. Pourtant, la chienne était mal nourrie et souffrait.

— Il y a de fortes chances que Lacey n'ait pas de lait, dit-il, et cette petite est trop faible pour se nourrir autrement.

Il se tourna pour voir où était Brandi, mais elle était de nouveau dans le buisson. Il n'entendit pas de grognement et espéra une issue favorable, car entrer dans un creux où se trouvait un animal blessé était rarement une bonne idée. Mais tout comme il avait un lien avec Hershey, il ne pouvait qu'espérer que Brandi ait le même lien avec Lacey. Il l'appela :

— Elle va bien ?

— Non, dit-elle, la voix étranglée par les larmes. Son arrière-train est endommagé.

— Genre accident de voiture, ou à cause de l'incendie ?

— Je ne sais pas ce que je regarde, mais je crois que c'est une vilaine blessure et probablement une patte cassée.

Il jura avant de lui répondre :

— Cela expliquerait la réaction de Hershey.

Elle souleva le buisson pour le regarder.

— Pourquoi ça ?

— Parce qu'il sait exactement ce que ça fait.

Elle fixa sa chienne adorée, et la douleur qu'elle lut dans son regard lui déchira le cœur. Sa queue bougeait pour la saluer, signe d'espoir. Les broussailles ayant été couchées, elle put voir que c'était là que le chiot malade et, bien sûr, Lacey avaient perdu leur sang. Elle paraissait ne pas s'être levée depuis plusieurs jours.

— Nous devons l'emmener chez un vétérinaire.

— Tu as raison. Il y a beaucoup d'animaux dont nous

devons prendre soin.

Il resta assis un moment, pensif.

— Tu t'occupes des deux chiots vivants et je m'occupe du chiot malade et de Lacey.

— Je peux prendre le chiot malade, proposa-t-elle aussitôt. Tu crois que tu peux déplacer Lacey ?

Il acquiesça d'un hochement de tête. Elle montra une poche de sa propre veste.

— Nous pouvons mettre le chiot malade ici.

Tenant délicatement le chiot malade, il se mit à genoux, grimaçant à cause de la pression exercée sur ses chevilles et son demi-pied, et le plaça délicatement dans la poche kangourou à l'avant de sa veste.

Il lui remit les laisses des deux autres chiots et lança :

— Le problème, c'est que les petits ne savent pas marcher en laisse. Il va peut-être falloir que tu te penches et que tu en prennes un sous chaque bras.

— Je peux faire ça, approuva-t-elle en regardant Hershey. Qu'est-ce qu'il a ?

— Il n'est pas blessé et il suivra les ordres. Je vais m'occuper du chien blessé dans le buisson. Je vais lui faire mal en la déplaçant. Je n'ai pas d'autre moyen de procéder. Il faut que je la soulève.

Elle baissa les yeux et tenta :

— Peut-être qu'on pourrait la coucher sur l'une de nos vestes ?

— Peut-être, dit-il en y réfléchissant. Je peux l'étendre sur la mienne, mais il faudra quand même que je la soulève.

— Eh bien, si tu attaches les bras ensemble, tu pourrais soulever son arrière-train et lui faire une écharpe.

— Ce n'est pas une mauvaise idée, dit-il, étudiant sa veste pendant un moment avant de l'enlever.

Il avait toujours à la main la laisse de Hershey. Il fit glisser son poignet hors de la boucle et la lui remit.

— Je vais devoir la mettre en position pour utiliser l'écharpe.

Sachant qu'il lui faisait mal, mais ne pouvant faire autrement, il glissa la veste sous Lacey comme Brandi l'avait suggéré, attacha les bras ensemble sous le dos blessé de la chienne et la souleva. Elle gémit, mais ne pleura pas. Il remua encore pour pouvoir passer un bras sous son ventre, agrippant doucement son poitrail tout en soulevant son arrière-train. Dans cette position, il recula lentement jusqu'à pouvoir se relever. Alors que Brandi admira son beau chien avec des larmes dans les yeux, il dit :

— Il faut qu'on s'en aille. Donne-moi la laisse de Hershey.

Elle la fit glisser dans sa main. Rowan baissa les yeux sur son chien et lui ordonna :

— Hershey, trouve-moi le chemin. Tu m'en trouves un facile.

Il renifla autour d'eux et se mit en route, prenant un chemin totalement différent de celui qu'ils avaient emprunté plus tôt.

B. regarda Rowan et demanda :

— Est-ce bien raisonnable ?

— Nous nous servions des Chiens de Guerre pour nous frayer un chemin entre les bombes, lui expliqua-t-il. L'idée, c'était de trouver le bon chemin pour les humains. Et c'est ce que je lui demande de faire en ce moment. Trouver l'itinéraire le plus sûr, même si c'est un peu plus long.

Faisant confiance au chien, il fit plusieurs pas lents et prudents en portant Lacey blessée, et il lui dit :

— Je ne peux pas me retourner pour m'assurer que tu

vas bien, alors ne perds pas les chiots.

— J'en ai un dans chaque bras, et ce n'est pas de la tarte, en effet.

Elle avait la voix étranglée, comme si elle essayait de les contrôler et qu'ils refusaient d'écouter. Rowan marchait à pas prudents avec Lacey, suivant Hershey qui les guidait jusqu'à leurs véhicules.

Quand il atteignit sa voiture de location, il ouvrit la portière arrière et annonça :

— Je vais avoir besoin de ton aide pour l'allonger.

— Attends. Je vais mettre ces deux-là dans mon véhicule.

Ils étaient sur le siège arrière, sous le hayon. Une fois qu'ils furent installés, elle revint et se glissa de l'autre côté de la banquette arrière de la voiture de Rowan, faisant attention au chiot malade dans sa poche, et aida à faire glisser la tête et le poitrail de Lacey vers l'avant. La chienne installée à l'arrière, Rowan se servit des ceintures de sécurité pour la maintenir en place, puis il amena Hershey sur le siège avant. Il regarda Brandi.

— Tu nous conduis chez le vétérinaire ?

— Suis-moi ! lui lança-t-elle en se précipitant vers sa voiture, tenant d'un bras le chiot dans sa poche.

Rowan grimpa dans son propre véhicule, alluma le moteur, et doucement, se mit en route. En partant, il revit le reflet sur la colline. Avec un juron, il enfonça l'accélérateur et fila vers l'avant. Il détestait bousculer Lacey, mais il n'y pouvait rien. À cet instant, il vit la terre exploser derrière lui. Le tireur devait être suffisamment loin à présent pour que Rowan ne constitue plus une cible viable. À moins qu'il n'y ait un bon sniper avec un fusil là-haut, Brandi et lui étaient hors de portée à présent.

Sniper ou pas, qu'est-ce qui se passait ?

CHAPITRE 6

BRANDI ROULA TRANQUILLEMENT vers la clinique vétérinaire et appela pendant le trajet.

— Tu l'as trouvée ? s'écria Katie, l'assistante-vétérinaire.

— Effectivement, mais son arrière-train est dans un sale état.

— Nous sommes prêts. Vous avez dit trois chiots ?

— Deux qui ont l'air en forme, un troisième qui ne l'est pas. Il est dans la poche kangourou de ma veste en ce moment.

— Garde-le au chaud, demanda l'assistante. Je n'arrive pas à croire que tu aies retrouvé Lacey.

— Moi non plus. Je suis à cinq minutes d'ici.

La circulation était fluide, et elle en était reconnaissante. Elle ne comprenait pas vraiment pourquoi, si ce n'était que le temps devenait sombre et maussade, et qu'on n'était qu'un vendredi après l'heure du déjeuner. Elle consulta quand même sa montre, et il était déjà plus de 14 heures. Même si ce n'était pas le jour le plus ensoleillé lorsqu'elle se gara enfin devant la clinique vétérinaire, elle pleura presque de soulagement. Elle sauta du véhicule et courut à l'intérieur pour les prévenir qu'elle était arrivée. Quand elle ressortit, quelqu'un amena un brancard depuis les portes arrière. Elle fit un signe en direction de Rowan et son véhicule. De leurs mains douces, ils déplacèrent Lacey avec précaution sur le brancard, et Brandi la suivit.

Dès qu'elle entra, on la prévint :

— Vous ne pouvez pas aller plus loin.

— Je sais bien, mais j'ai aussi le chiot malade.

Aussitôt, l'autre assistante-vétérinaire tendit les bras, et Brandi sortit délicatement le pauvre petit chiot de la poche de sa veste et l'y déposa.

— Oh, ce pauvre bébé, murmura-t-elle et elle partit l'examiner.

Brandi resta là à frissonner, en les regardant se mettre au travail avec Lacey.

Katie s'approcha et lui demanda :

— Amène les deux autres chiots et l'adulte dans le bureau de réception, pour que nous puissions les examiner.

Brandi acquiesça bêtement et se retourna, ne supportant pas de voir sa belle amie à fourrure dans cet état.

Quand elle ressortit, Rowan était là, Hershey à côté de lui. Le chien s'appuyait sur lui, comme s'il refusait de cesser de le toucher.

Elle s'accroupit devant lui, et lui dit :

— Salut, mon garçon. Merci beaucoup d'avoir pris soin de ma fille.

Hershey gémit et se pencha en avant, la renifla un bon coup, puis lui tendit une patte.

Ravie, elle la secoua et lui caressa les oreilles de l'autre main, ainsi que l'arrière de son cou.

— Je suggère que nous le fassions examiner, dit-elle, ainsi que les deux chiots qui vont bien.

Rowan hocha la tête :

— Sortons les chiots.

C'était un challenge en soi, ils étaient très vifs. Mais elle parvint à en attraper un qu'elle lui tendit, puis l'autre. En portant les deux paquets frétillants, ils se dirigèrent vers l'entrée principale de la clinique vétérinaire.

Katie était encore là. Quand elle vit les chiots, elle rit.

— Waouh ! s'exclama-t-elle, ces deux-là ont l'air d'aller parfaitement bien !

— Exactement, même si l'un bougeait plus lentement que l'autre à l'origine.

Katie remarqua le chien à côté de Rowan.

— C'est le mâle ?

— Eh bien, ce n'est pas le père. C'est un chien de guerre que je suis venu chercher en ville, il était avec une famille dont la maison a été rasée.

— Les incendies ont dévasté tellement de choses ici, fit Katie en les conduisant dans une salle d'examen. Cela nous permettra de nous assurer que nous ne négligeons aucune blessure ou déficience du fait qu'ils ont été livrés à eux-mêmes pendant toutes ces semaines. Ils n'ont pas l'air d'avoir souffert du tout, ajouta-t-elle en jetant un œil au chiot le plus proche.

Elle les pesa rapidement, puis guida Hershey vers une grande balance, sur laquelle Rowan lui ordonna de s'asseoir. Ceci fait, le vétérinaire entra dans la salle d'examen en souriant.

— Alors ce sont les trois en bonne santé qui sont arrivés avec les deux autres, hein ?

— Oui, confirma Katie. Et voici Rowan et Brandi. Brandi amène Lacey ici depuis qu'elle est bébé.

— Eh bien, nous essayons toujours de comprendre ce qui ne va pas avec Lacey. Nous avons fait des radios, et je n'ai pas encore les résultats. Je pensais jeter un coup d'œil rapide à ces petits gars, pendant que mon personnel travaille sur les deux autres.

— Je ne pense pas que l'un ou l'autre ait de soucis.

Le professionnel examina les deux chiots :

— Ils sont tranquilles et en forme.

Puis il se tourna vers Hershey.

— Lui n'a pas l'air d'avoir souffert du tout. Est-ce qu'il est dangereux ?

— C'est un chien de guerre bien entraîné, expliqua Rowan, et, d'un claquement de doigts, il ordonna à Hershey de sauter sur la table d'examen. D'un bond gracieux, il s'exécuta et se tint debout, attendant le prochain ordre. Au commandement de Rowan, il s'assit, puis s'allongea.

Le vétérinaire inspecta ses dents, ses oreilles et le reste de son corps, mais il ne trouva aucune égratignure ni sang sur lui.

— Il a l'air en pleine forme. Je suppose qu'il est resté avec la femelle pour l'aider.

— J'imagine que oui, supposa Rowan. Une fois qu'ils se sont liés, c'est un lien assez difficile à briser.

— Nous avons vu cela se produire maintes fois. C'est toujours très inspirant.

— Effectivement.

Une fois les examens terminés, ils repartirent en salle d'attente. Même si Hershey était ravi de s'allonger et de se détendre, ce n'était pas le cas des chiots. Ils fouinaient partout, essayant de grimper dans les étagères, et sur une autre grosse balance. L'un d'eux se glissa sous la table basse et un autre voulut se faufiler sous le canapé.

Exaspérée, Brandi s'exclama :

— Ce n'est pas un endroit pour les chiots !

— C'*est* un endroit pour les chiots, dit Rowan qui riait en les voyant. C'est magnifique de voir autant de vie.

— Par rapport à la quantité de morts que tu as vu ?

— Les morts que j'ai vus, et la mort causée par l'incendie, répondit-il tranquillement. C'est comme ça. Nous n'y pouvons rien.

Brandi hocha la tête, désespérée.

Ils patientèrent une heure de plus, puis le vétérinaire sortit. Il annonça :

— On lui a tiré dessus il y a environ dix jours, la balle l'a traversée de part en part. À l'évidence, elle avait accouché avant. On dirait qu'elle allaitait très bien, jusqu'à ce qu'on lui tire dessus, mais elle commence déjà à guérir. Le projectile a causé pas mal de dégâts. Je pense pouvoir l'opérer pour réparer une partie des blessures à ses muscles. Sinon, il s'agira surtout de lui administrer une forte dose d'antibiotiques pour combattre une éventuelle infection, et nous verrons ensuite comment la remettre sur pattes.

— Ce sera plus facile pour elle si vous ne faites pas l'opération tout de suite, elle est plutôt faible.

— C'était ce que je me disais, répondit le vétérinaire. Je crois que nous allons commencer par le lourd traitement antibiotique, parce qu'il y a de grandes chances qu'elle souffre d'une infection, même si elle n'a pas de fièvre. Elle est aussi épuisée et émaciée par le manque de nourriture. Elle a mangé, mais uniquement pour pouvoir donner du lait aux petits.

— Bien, encaissa Brandi. Je peux la voir ?

— Nous l'avons mise sous sédatif pour pouvoir la nettoyer et faire ce que nous devions faire. Elle a la patte cassée, mais elle n'est pas trop en mauvais état, alors je vais lui mettre une attelle. Je vais aussi recoudre son flanc, là où elle a pris une balle. Pour ça, nous allons devoir couper une partie des tissus morts, et refermer la plaie.

— Cela ne semble pas très bon.

— Je suis optimiste, dit-il. Le fait qu'elle soit toujours en vie et qu'elle se batte encore est génial. Et… il y a le troisième chiot.

Ils se tournèrent tous les deux pour le regarder.

— Est-ce qu'il va s'en sortir ?

— Elle est en assez mauvais état. On dirait qu'elle n'a pas eu la chance de manger autant, ou de prendre autant de forces que ses frères. C'est un monde difficile dehors, et seuls les plus forts survivront. Nous ferons ce que nous pouvons, donc nous allons lui mettre une sonde d'alimentation intraveineuse, et lui donnerons aussi des suppléments. Elle a aussi pas mal de vers qui ont envahi son organisme. Nous devrons aussi vermifuger les autres chiots. Donc une fois que nous aurons fait tout cela, nous y verrons plus clair quant à ses chances de survie. Elle va s'améliorer de jour en jour à ce stade. Il faudra être patient pour savoir si elle va s'en sortir.

— Je suppose donc que la mère et la fille doivent rester ici ? s'enquit Rowan.

Le vétérinaire hocha la tête.

— Au moins quelques jours. Pour chacune.

Brandi s'imposa.

— J'aimerais les voir avant de partir alors.

— Pas de soucis. Laissez les chiots ici, et vous pouvez entrer.

Il la conduisit à l'arrière.

Brandi vit que Lacey était complètement inconsciente, incapable de la reconnaître. Elle se pencha, l'embrassa doucement, et lui dit :

— Nous t'avons retrouvée, Lacey. Tu vas aller mieux maintenant.

Puis Brandi vit le chiot allongé presque sans vie sur la table à côté, perfusé.

— Elle n'est pas blessée, si ?

— Non. On dirait qu'elle était en train de mourir de faim.

— Eh bien, nous pouvons inverser la tendance. Merci, et, je vous en prie, prenez soin d'elles. Elle se baissa et fit un petit câlin au chiot, les larmes aux yeux.

— C'est prévu, répondit le vétérinaire. Je n'arrive pas à croire qu'ils ont survécu toutes ces semaines.

— Moi non plus, c'est pourquoi je veux m'assurer qu'ils vont bien maintenant. Le pire devrait être passé. Les deux autres chiots iront bien même sans leur mère, n'est-ce pas ?

— Ils étaient de toute façon sevrés à cause de son manque de lait. Je suis persuadé que vous pouvez remercier ce berger d'avoir chassé et trouvé assez de nourriture pour les maintenir tous en vie.

— C'est ce que je pensais. Il mérite un dîner spécial ce soir.

— Et pour tous les soirs à venir, confirma le vétérinaire avec un sourire. Il s'est occupé d'eux pendant longtemps, et maintenant il a besoin qu'on s'occupe de lui.

— C'est ce que nous allons faire, approuva Rowan depuis la porte ouverte.

Il tenait les trois cordes, les deux chiots étaient assis correctement et levaient la tête, curieux de connaître la suite des événements. À côté de Rowan se trouvait Hershey, dont le regard en disait long sur sa longue formation. Du genre : « *OK, la première étape est terminée. Ensuite ?* »

— Comment as-tu fait pour que les chiots restent assis ? Quand je les avais, ils ne faisaient que de se balader partout.

Il gloussa.

— Les chiots se baladeront si tu leur en donnes l'occasion. Tout comme les enfants, ils savent très bien suivre les ordres. Je suggère donc que nous allions faire des plans et que nous laissions ces gens s'occuper des deux ici.

Elle hocha la tête et le suivit dehors.

— Je ne vois pas quel plan proposer. Je n'ai pas le droit d'avoir d'animaux domestiques là où je vis. Il faut que je quitte cette location, et que je trouve un endroit où je pourrai garder Lacey.

IL DEMANDA :

— Est-ce que tu as reçu une indemnité d'assurance pour ta maison ?

— C'est compris dans la succession de ma grand-mère. Comme elle est morte, l'affaire est encore plus difficile.

— Tu es la seule personne qui reste pour hériter ?

Elle acquiesça.

— Même si j'adorerais reconstruire, en théorie en tout cas, j'aimerais avoir un peu plus de distance entre moi et mes voisins. Je pensais déménager un peu plus à l'écart de la ville.

— Et le travail ?

— Je travaille en banlieue dans un grand laboratoire.

— Quel genre de travail fais-tu ?

— Je suis technicienne de laboratoire. Nous travaillons sur les cellules souches, dit-elle distraitement.

— Je sais que c'est une question difficile, mais je dois la poser. Y a-t-il une chance que cela soit lié au tireur ?

Elle le regarda avec surprise, puis secoua lentement la tête.

— Je n'ai aucune idée de ce qui se passe avec ce tireur. Je n'arrive pas à imaginer que quelqu'un veuille tirer sur des gens.

— Il a aussi tiré des coups de feu lorsque nous sommes partis.

Elle le regarda fixement, horrifiée.

— Je n'ai pas vu ça… ou entendu quoi que ce soit ! s'écria-t-elle. Mon Dieu, si nous n'avions pas trouvé ces chiens…

— Eh bien, le tireur aurait pu les éliminer tous les cinq, comme des cibles d'entraînement. Ce qui m'inquiète vraiment, c'est qu'il nous aurait aussi éliminés. Et je veux savoir pourquoi.

Il avait déjà envoyé des messages à Badger pour le prévenir qu'ils avaient trouvé Hershey, la femme et ses trois chiots, et qu'on leur avait tiré dessus à deux reprises. Badger n'était pas impressionné et faisait un tour d'horizon de l'histoire de Hershey pour voir si cela avait quelque chose à voir. Il connaissait déjà la base, mais il y avait peut-être autre chose qu'ils n'avaient pas envisagé. Rowan avait également donné le nom de Brandi et son numéro de plaque d'immatriculation à Badger pour qu'ils fassent une vérification à son sujet.

— Je suis désolé pour ta grand-mère.

Les larmes lui montèrent aux yeux, et elle sourit à travers elles.

— Je le suis aussi. Je sais que les larmes cesseront un jour, mais pour l'instant, on dirait que chaque fois que j'entends son nom, je me mets à chialer.

— Peut-être que ce n'est pas une si mauvaise chose après tout. Tout le monde mérite qu'on se souvienne de lui avec tendresse.

Il marqua une pause. Puis il lui demanda :

— As-tu requis une autopsie sur elle ?

— Non. Il ne restait pas grand-chose à autopsier. La

maison elle-même a été rasée avec elle à l'intérieur.

— Alors comment sais-tu qu'elle est morte dans l'incendie ? demanda-t-il.

Elle s'arrêta, se retourna et le regarda.

— Oh, ça ne me plaît pas du tout.

— Nous avons un tireur impliqué. Qui connais-tu au bureau du légiste ?

BRANDI ET ROWAN étaient debout à côté de leurs véhicules sur le parking du vétérinaire. La femme prit son portefeuille, dont elle sortit une carte de visite. Rowan la consulta et composa rapidement le numéro. Quand un homme répondit, il lui dit qu'il voulait des renseignements sur la mort de… et il jeta un œil à Brandi.

— Isabella Malcolm, dit-elle, suivi de l'adresse.

— Isabella Malcolm était dans l'incendie et son adresse était 4294 Pine Road. L'une des maisons qui ont brûlé avec elle à l'intérieur.

— Effectivement, nous avons sept décédés rien que sur cette route.

Rowan répondit :

— Sa petite fille a dit que d'après ce qu'elle avait compris, il ne restait pas de corps.

— Il est sûrement resté quelque chose, mais pas grand-chose. Cela arrive parfois. Et pour quelle raison posez-vous toutes ces questions ?

— Parce que manifestement, nous allons avoir un problème d'assurance et, avec la mort de sa grand-mère dans le même temps, nous devons connaître tous les faits avant de commencer à poursuivre les compagnies.

— Bonne chance ! Ils feront tout ce qu'ils peuvent pour éviter de payer sur ce coup-là. Il y a eu tellement de dégâts matériels et de vies perdues.

— Potentiellement, mais je crois savoir que le gouvernement est également intervenu pour aider.

— Il faudra voir ça avec eux. Je vérifie nos dossiers, et nous avons des restes de sa grand-mère ici.

— Vraiment ?

Il tourna la tête vers Brandi.

— Ils ont les restes de ta grand-mère.

Elle le regarda fixement, bouche bée.

— Ils ont dit qu'il n'y en avait pas.

— Brandi est ici avec moi et elle dit qu'on lui avait assuré qu'il ne restait rien.

— Il n'y a pas grand-chose, c'est sûr, tempéra l'employé du bureau. L'incendie était une source de chaleur extrême, mais nous avons tout ce qui est resté, et nous devons collecter tout cela du point de vue des risques biologiques.

— Compris. Y avait-il des effets personnels, des alliances, des choses comme ça ?

— Laissez-moi vérifier, dit-il avant de s'absenter un moment.

Il revint en ligne un peu plus tard, et lui dit :

— Non, il n'y avait rien. Cela ne veut pas dire qu'elle ne portait rien, juste que nous n'avons rien trouvé de tel dans ce qu'on nous a rapporté.

— D'accord. On ne l'a pas non plus informée de ce qu'il convenait de faire des restes de sa grand-mère.

— C'est parce qu'ils ne sont pas encore à disposition, répondit-il d'un ton hésitant. D'après ce que nous avons vu, je pense qu'il n'y aura rien de concluant, mais on a retrouvé un couteau.

— Elle est juste là, dit Rowan, alors n'hésitez pas à lui parler.

Il regarda Brandi, qui hocha la tête pour donner son accord, et il mit son téléphone sur haut-parleur avant de le lui donner.

L'homme du bureau du légiste demanda :

— Veuillez vous identifier.

— Je suis Brandi Malcolm, dit-elle. J'ai parlé plusieurs fois avec votre bureau.

— Je suis le légiste. C'était le chaos au début. Nous avons eu des corps de plusieurs districts différents ici à cause de l'incendie, cependant, le cas de votre grand-mère est un peu différent.

— Dans quel sens ? s'enquit-elle.

Il hésita. Alors elle insista :

— Sa mort est suspecte, c'est ça ?

— Effectivement, répondit le légiste, mais comme je l'ai dit, nos découvertes ne sont pas concluantes à cause des dégâts causés par l'incendie.

— Vous n'avez pas pu examiner ses poumons pour voir si elle était morte avant le feu ? Ou c'est que vous avez trouvé des blessures ?

— Nous avons un couteau planté dans sa poitrine, mais l'arme en elle-même est très brûlée et s'est fondue à la majeure partie du squelette. Donc on ne peut pas distinguer les coupures.

— Mais étant donné sa position…

— Compte tenu de tout ce que nous avons trouvé, dit-il, il y a de fortes chances qu'elle ait été assassinée avant le feu.

CHAPITRE 7

B RANDI FIXA ROWAN d'un air horrifié.

— Oh, mon Dieu, dit-elle au légiste. Le saurons-nous jamais ?

— Je n'en suis pas certain. Parfois, c'est sans équivoque. Cependant, dans ce cas, je ne sais pas si c'est à cause de la façon dont le corps a été amené ou s'il y a encore…

Il finit par dire :

— Je déteste devoir le dire, mais il est possible que la récupération n'ait pas été aussi complète que nous l'aurions souhaité. Je ne me suis pas rendu à la maison pour jeter un coup d'œil.

— Je m'y rends tout de suite, informa Rowan d'une voix dure. Au moins, à ce stade, je verrai s'il reste quelque chose à trouver.

— Seulement si vous avez suivi une formation spécialisée pour identifier les restes qui ont été gravement brûlés, intervint le légiste.

— Je suis un ancien militaire, avec une formation spécialisée.

— C'était assez chaotique pour nous tous à l'époque, et nous souffrions d'un manque de personnel, il est donc possible que ma nouvelle équipe se soit rendue chez votre grand-mère.

Rowan reprit son téléphone.

— Nous allons y aller tout de suite. Nous venons de retrouver sa chienne qui s'était enfuie pendant l'incendie, et donc c'est une autre épreuve pour Brandi.

— Je vous retrouve là-bas, dit le médecin légiste, comme s'il prenait une décision soudaine. Cette histoire ne m'a jamais vraiment convenu, alors j'y serai d'ici une vingtaine de minutes.

Sur ces mots, il raccrocha.

La petite-fille de la défunte regarda Rowan et dit :

— Je n'arrive pas à croire que maintenant ils disent que ma grand-mère a été assassinée.

— Je te comprends. On en revient au fait qu'il y a un tireur sur la colline.

— Et pourtant, quelqu'un a poignardé ma grand-mère à mort, dit-elle en hochant lentement la tête. Et je reçois des messages bizarres. Je ne voulais rien dire parce que cela donne l'impression que je suis complètement à côté de la plaque, et aussi parce que je ne sais *rien* des messages.

Sur ces paroles, elle sortit son téléphone et lui montra la dernière série de SMS.

— Quelles pièces ? demanda Rowan.

— C'est ça le truc, dit-elle. Je n'en ai aucune idée. Durant toutes ces années passées avec ma grand-mère, je n'ai pas souvenir qu'elle ait parlé de pièces.

— Voilà qui fait pencher la balance du côté de l'assassinat. Ensuite, avec un tel feu qui a fait tant de dégâts, il ne devait pas rester beaucoup de preuves pour la scientifique.

— Je sais. J'en suis malade. J'étais déjà tellement bouleversée de penser qu'elle était morte brûlée dans cet incendie… Mais l'idée qu'elle était morte avant, assassinée ?

— Le fait qu'elle soit morte avant l'incendie est en fait

une bénédiction pour elle, dit-il d'un ton doux.

— Évidemment, nous ne voulons pas que quiconque soit assassiné et emporté avant son heure, mais nous devons aussi envisager qu'elle a peut-être été poignardée pendant qu'elle dormait. Peut-être qu'elle était droguée et qu'elle n'en a rien su. Peut-être qu'elle était morte avant que le feu n'arrive.

Brandi prit une inspiration lente et profonde.

— Ce sont toutes d'horribles façons de mourir.

— C'est parce que la mort de ta grand-mère est horrible, dans tous les cas. La seule chose que tu voudrais entendre, c'est qu'elle est vivante et en bonne santé.

Elle lui offrit un faible sourire.

— Je déteste laisser Lacey et son pauvre chiot, mais ils sont entre de bonnes mains avec le vétérinaire.

Pourtant, elle restait figée sur place, regardant Rowan dans l'espoir qu'il lui dirait quoi faire ensuite.

— Que ferons-nous de ces deux chiots ? lui demanda-t-il, et comme elle gémissait, il prit la décision pour elle. Je vais garder les trois chiens ensemble et les emmener au motel.

— Tu en as le droit ?

— Je vais peut-être devoir payer un supplément, mais cela ne me dérange pas. Je crois que je peux les faire entrer dans la chambre sans que personne ne les voie. Ce qui n'aura probablement aucune importance, car je parie que ces deux-là ne sont pas des chiots calmes et sédentaires.

Il sourit.

Brandit acquiesça.

— Il va quand même falloir que tu les dresses pour qu'ils fassent leurs besoins, et les nourrir.

Il gloussa.

— Il y a un espace vert derrière le motel, un bout de terrain herbeux où je peux les emmener se promener, mais je vais peut-être devoir compter sur toi pour nous livrer de la nourriture pour chiens.

— Considère que c'est fait. Tout ce dont tu as besoin. Tu as retrouvé tous les chiens, et je n'arrive pas à croire que le tien a veillé sur la mienne pendant qu'elle était au plus mal. Alors je ferai tout ce qu'il faudra pour lui aussi.

— Allons d'abord chez ta grand-mère. Voyons si nous trouvons quelque chose, et rejoignons le légiste.

— Il est possible que j'aie envoyé un mail au service du légiste pour demander des renseignements sur ma grand-mère. C'était trop proche, trop intense, pour que je puisse appeler. Je ne faisais que pleurer en permanence.

— Et c'est aussi un bon moyen pour que les gens te rejettent. Allons-y tout de suite.

Brandi prit la direction de son véhicule, y grimpa, et sortit du parking du vétérinaire. Elle ne cessait de vérifier qu'il la suivait. Alors qu'elle conduisait vers la zone de l'incendie, elle se souvint du tireur, et grimaça en réalisant qu'ils retournaient dans ce secteur. Pas exactement au même endroit, mais suffisamment près pour qu'il puisse les trouver. S'il était encore là. Il n'y avait aucune raison qu'il soit là pour commencer.

Devant chez sa grand-mère, elle se gara sur le côté. C'était si étrange de voir la cendre recouvrir la rue et tout ce qui s'y trouvait ! En fonction de la façon dont le vent soufflait, il soulevait les cendres et montrait le trottoir en dessous, comme l'entaille d'une cicatrice sous une croûte. Elle sortit lentement de sa voiture et se tint sur le trottoir. Elle attendit que Rowan la rejoigne.

Quand il arriva, il siffla légèrement.

—J'ai vu du dessus via les images satellites, et j'ai déjà

arpenté cette zone, dit-il, mais quand on se rend compte que quelqu'un est mort dans ce chaos, on saisit à quel point c'est horrible !

— Tellement plus.

Ils remontèrent sur le trottoir. Tous les arbres de la propriété avaient été transformés en cure-dents d'un noir brillant dans la lumière de l'après-midi. La pelouse était noircie aussi, et quelques briques restaient debout autour de la base des fondations, mais tout le reste avait été réduit en cendres.

— Chez les autres voisins, il reste encore quelques chevrons de travers, ou une cheminée, mais dans le cas de ta grand-mère, tout a été détruit.

— Je me suis aussi posé la question. Il ne m'était pas venu à l'esprit que cela pouvait n'être pas normal. La maison de ma grand-mère était très, très vieille.

— Et c'est possible, dit-il en fronçant le nez. Une odeur de mort très lourde, remplie de fumée, règne à cet endroit. Je ne sais même pas si on pourrait déterminer si quelqu'un s'est servi d'un accélérateur.

— Tu veux dire que quelqu'un a peut-être incendié la maison ?

— C'est un excellent moyen pour le meurtrier de cacher ses traces.

— Le feu de forêt dans les environs a été une grande chance pour celui qui était impliqué dans ce cauchemar, car il a complètement caché les preuves de ce qu'il a fait.

Elle se dirigea vers le côté des fondations.

— C'est juste un vide sanitaire.

— Beaucoup de maisons ici n'avaient pas de sous-sol, dit-il, en regardant pour voir la différence dans les marques de brûlure entre plusieurs maisons à côté de celle-ci.

Il y avait toujours un arbre bizarre debout ; il restait une cheminée dans l'une d'elles, mais pas grand-chose d'autre. Dans une autre, il existait un ou deux chevrons au-dessus du garage, mais le feu semblait avoir été éteint à cet endroit ou du moins n'avait pas incinéré cette partie de la maison. Alors qu'ils se tenaient là à scruter les autres maisons, un autre véhicule arriva.

Elle s'approcha quand elle vit le véhicule du légiste sur le côté.

Un homme plus âgé sorti, l'air renfrogné. Ils se serrèrent la main, et il se présenta :

— Je suis le Dr Peter Carmichael. Je ne saurais vous dire à quel point c'était la folie quand tout a commencé. Mais je voulais vous assurer que nous n'avons pas oublié le cas de votre grand-mère.

— Je suis heureuse de l'entendre. Nous nous demandions simplement pourquoi, dans la maison de ma grand-mère, le feu a absolument tout ravagé. Est-ce normal ou un accélérateur a-t-il été utilisé ?

Rowan intervint.

— Et savons-nous si cet incendie, peut-être d'origine humaine, a été déclenché avant l'incendie naturel ou non ?

Brandi fronça les sourcils.

— Est-ce que les vidéosurveillances ont montré quoi que ce soit ?

Le légiste tendit les mains, paumes vers le haut.

— J'ai bien peur que tout cela fasse encore l'objet d'une enquête. Comme vous pouvez l'imaginer, il y a énormément de terrain à couvrir, les preuves ont été emportées par le vent ou par les flammes elles-mêmes. Oui, notre unité médico-légale chargée des incendies criminels se pose aussi ces questions. Toutefois, n'oubliez pas. À ce moment-là, le feu se trouvait déjà à quelques pâtés de maisons, alors certains des incendies ont repris, se sont déplacés et ont démarré à cause du vent.

Ce dernier remarqua en faisant le tour des fondations :

— La maison était construite sur une dalle. Alors, où était la chambre ? L'incendie a eu lieu la nuit, elle aurait dû être endormie dans son lit.

Brandi désigna le coin opposé, au premier étage.

— Elle aurait été là-haut.

— Et il n'y a rien ici. J'ai vérifié les notes du dossier, et ils sont partis du principe qu'elle était au rez-de-chaussée.

— Mais il n'y a quand même rien.

— Je sais.

— Il n'y a rien de plus ardent qu'un véritable incendie de forêt, et la dévastation est immense.

Il arpenta les lieux en les scrutant. Il n'y avait même pas de poutres à déplacer ; tout avait été réduit en une fine cendre. On discernait une cuisinière en métal, un morceau de réfrigérateur tordu et froissé, et pas grand-chose d'autre.

Elle le regarda déambuler, s'approcha et se joignit à lui. Elle entendait les deux hommes parler, mais elle n'était pas certaine de vouloir savoir de quoi ils discutaient. Mais comprenant qu'elle ne pouvait plus se tenir à l'écart de cet événement, elle demanda finalement :

— Vous avez trouvé quelque chose ?

Rowan la regarda et dit :

— Le fait est que nous ne trouvons rien.

— Ce qui veut dire ?

— S'il y avait quelque chose, les preuves ont été supprimées.

— IL N'Y a pas eu de sécurité ni quoi que ce soit sur ces sites depuis que le feu a été éteint, n'est-ce pas ? demanda Rowan au légiste.

— Au départ, c'était tellement dangereux que personne ne pouvait monter ici, et ensuite, il y a eu la mission de sauvetage, expliqua le médecin. Il n'y avait de toute manière aucun doute sur la façon dont ces personnes étaient mortes, donc pas besoin de beaucoup de renforts médico-légaux, en dehors de la recherche habituelle de l'origine de l'incendie.

— Alors, ma grand-mère ?

— Habituellement, avec un possible meurtre, nous ferions un bilan médico-légal complet, mais, comme nous venons de le confirmer, il n'y a rien d'autre ici que des cendres. Et on nous a amené peu de restes à mon bureau. J'ai vu par hasard qu'une lame était encore dans sa poitrine, principalement à l'intérieur, peu de chose apparaissant à l'extérieur.

— Et le manche ?

Le légiste secoua la tête.

— Pas de manche, rien que la lame. Et même là, la chaleur l'avait tordue.

— Du métal bon marché.

— *N'importe quel métal,* dans ces circonstances. Rien ne peut vraiment résister à un feu comme ça. Et ça a brûlé ici pendant des jours, donc on n'est pas en train de parler d'un éclair de chaleur qui a traversé avant de mourir. De plus, il y avait assez de combustible dans ces maisons pour que les feux continuent de brûler pendant, je pense, deux jours d'affilée. Puis la colline ici a entretenu le feu, et cette bande d'arbres sur le côté y a également contribué. Parfois, un feu de forêt avance, mais il n'a plus rien à consumer. Dans ces circonstances, le feu lui-même s'éteint plus rapidement. Dans ce cas, vu la quantité de ressources disponibles ici, il a brûlé plus longtemps.

— Il y a donc une possibilité que sa mort soit un meurtre ? interrogea Rowan.

— Effectivement, répondit le légiste, mais je n'ai aucune preuve dans un sens ou dans l'autre.

— En avez-vous parlé à la police ?

— Je l'ai fait, mais ils doutent que je puisse confirmer mes soupçons, et en toute honnêteté, ils ont raison. Le fait est que son corps a brûlé dans l'incendie. Je ne sais pas si elle est morte avant. Le feu a tout éclipsé.

— Que reste-t-il de ma grand-mère dans vos locaux ?

Il lui renvoya un sourire triste.

— Pas grand-chose. Lorsque ses restes seront mis à votre disposition, vous devriez faire incinérer ce qu'il reste. Je me doute que c'est ce que vous voudrez faire, vu que la majeure partie de son corps est déjà à l'état de cendres.

Elle se contenta de grimacer, regarda le coin de la maison où se trouvait la chambre de sa grand-mère, et lui demanda :

— Une partie d'elle est restée ici ?

— C'est tout à fait possible, oui. Sous forme de cendres, donc pas grand-chose. On dirait que quelqu'un a balayé tout ça.

Il souleva un objet noir et carbonisé et ils constatèrent que le béton, bien que couvert de cendres, était loin d'être aussi abondamment tapissé que les autres propriétés.

— Alors quelqu'un a juste balayé un tas de trucs et l'a emmené ? demanda-t-elle, déconcertée. Pourquoi ?

Le médecin légiste et Rowan se regardèrent, puis se tournèrent vers elle.

— Pour se débarrasser de toute preuve qui aurait pu être laissée derrière. S'il n'y a rien à trouver, personne ne peut tirer de conclusions.

— Mais pourquoi ? pleura-t-elle doucement. Pourquoi tuer ma grand-mère et laisser son corps se consumer dans le feu, pour revenir ensuite s'assurer que tous les restes ont disparu ?

— À cause du couteau, songea soudain Rowan. Tout tourne autour de ce couteau.

Il se tourna ensuite vers le légiste.

— Je suppose que vous n'avez pas de photos, n'est-ce pas ?

Le médecin sembla surpris, attrapa son téléphone et fit défiler plusieurs photos.

— Vous pensez que le meurtrier s'attendait à le retrouver dans ce fatras après le feu ?

— Je crois qu'il espérait que des preuves se trouvaient dans cette pagaille et, en prenant tout ce qu'il pouvait trouver, il a fait de son mieux pour s'en débarrasser, répondit Rowan. Mais, naturellement, l'essentiel est que c'est le légiste qui a l'arme du meurtrier, le couteau.

— Encore une fois, je ne peux pas l'identifier, déplora le médecin. Sans le manche, nous n'avons pas de marque du fabricant, ni aucun autre moyen de remonter à son origine.

— Non, mais quelqu'un le veut, et le veut vraiment.

CHAPITRE 8

BRANDI N'ARRIVAIT TOUJOURS pas à se faire à l'idée que sa grand-mère avait été assassinée. Elle était aussi frustrée de ne pas en avoir plus entendu parler jusqu'à présent. Lorsqu'elle apprit que le flic qui avait été affecté à cette affaire, et qui était venu lui annoncer cela, avait eu un accident de voiture, elle comprit un peu mieux, car tout le monde pensait qu'on lui avait déjà dit. En fait, le flic était toujours à l'hôpital, et cela devait être assez bouleversant pour lui et sa famille aussi.

Après le départ du légiste, elle resta là à contempler ce qui avait été sa maison de famille, et une pensée désagréable lui vint.

— Tu crois qu'il y a un lien entre ce policier et ma grand-mère ? Bon, c'est un peu tiré par les cheveux. Non, je délire, dit-elle en secouant la tête. Je ne sais pas ce que je dis. J'essaie de donner du sens à ce qui n'en a pas.

Rowan tourna les talons et la regarda fixement.

— Un lien ? demanda-t-il prudemment.

La belle se souvint qu'elle ne lui avait pas raconté.

— Le flic. On était censé m'avoir prévenu que ma grand-mère avait été assassinée. Sauf que le policier chargé de venir me l'annoncer n'est jamais venu, alors je n'ai rien su jusqu'à aujourd'hui. Je viens de passer un coup de fil et j'ai appris qu'il était à l'hôpital. Il a eu un accident de voiture, et il est plus ou moins toujours dans le coma, dit-elle avec un haussement d'épaules. Les flics ont tous pensé que j'avais été prévenue, parce que son carnet de notes contenait une liste cochée.

— Quand il se produit ce genre de choses, on peut facilement passer à côté d'un truc. Mais savons-nous ce qui lui est arrivé ?

— Je n'en ai aucune idée, dit-elle, et je doute fortement que quelqu'un me le dise.

— C'est difficile à dire, mais peut-être que j'ai des relations.

Il sortit son téléphone et envoya un SMS.

— Je vais demander à Titanium Corp, l'entreprise qui m'a envoyé ici. Ils ont un réseau. Nous avons vécu un certain nombre de circonstances étranges où il leur a été demandé d'accéder à ces connexions.

— Intéressant, murmura-t-elle. Je me demandais si ses blessures pouvaient avoir été causées volontairement, en lien avec ma grand-mère.

— La seule raison pour laquelle il y aurait un lien, c'est s'il y avait une raison d'éliminer le flic. Et il venait seulement pour te parler du couteau, le couteau intraçable. Donc cela n'a pas forcément de valeur pour un meurtrier.

Brandi se sentait un peu mieux.

— Je suppose que c'est juste une coïncidence.

— Le problème, c'est qu'avec le genre de métier que j'ai exercé, je ne suis pas vraiment fan des coïncidences.

Elle le regarda avec surprise.

— Pourquoi ?

— Parce qu'en général, elles s'avèrent toujours pratiques pour quelqu'un. Bien sûr, ça existe, mais…

— Je ne veux pas penser à ça.

— À moins que le flic ait eu d'autres informations ou preuves ou qu'il ait vu quelque chose, l'interrompit-il.

Elle haussa les épaules avant de les voûter légèrement.

— Je n'ai vraiment pas envie de penser à ça. Ce serait trop affreux si plus d'une personne avait été blessée à cause de cela.

— Cela nous ramène aux pièces de monnaie, dit-il, contemplant les fondations de la maison. Si ta grand-mère avait eu des pièces, où les aurait-elle gardées ?

— *Si*, répéta Brandi avec emphase, elle avait eu des pièces, je ne sais pas. Parce que je n'en ai jamais entendu parler. Peut-être dans le grenier. Peut-être dans le vide sanitaire, ajouta-t-elle avant de hausser les épaules. Je ne sais vraiment pas.

— Donc elle n'a pas parlé de quelqu'un dans ta famille qui aurait pu les collectionner ?

Elle secoua la tête.

— Non.

— Une pièce porte-bonheur ? Quelque chose qu'elle aurait gardé en souvenir de son mari ? Tes parents ?

Elle s'arrêta et le fixa sans un mot.

— Je ne pense pas.

— Et un coffre-fort ? demanda-t-il en se tournant brusquement vers Brandi. Est-ce qu'elle gardait son testament et ses documents légaux ailleurs ?

— Il faudrait que je vérifie auprès de la banque. Je n'en suis pas sûre.

— C'est le premier endroit où commencer, car si ta grand-mère était quelqu'un de censé pour ce qui est de s'occuper de son argent et de ses biens, elle aurait facilement pu ranger une collection de pièces au coffre.

Brandi fronça les sourcils.

— Je suppose que c'est possible. Pour autant que je sache, elle n'avait pas de coffre-fort dans la maison.

Il montra d'un geste les restes de la maison, et dit :

— Il n'en serait rien resté.

Elle se figea.

— Le feu dévaste tout, n'est-ce pas ?

— Oui et non. Tu retrouves les choses que tu as laissées derrière toi, mais brûlées en grande partie. Plus le feu dispose d'une source de combustible, voire d'une source supplémentaire, plus il est brûlant et plus il fait des ravages. Plus que n'importe quel feu domestique.

— Elle avait ces petits chauffages au propane. Non, pas du propane, corrigea-t-elle avant de dire : de l'huile. Des petits chauffages à l'huile qu'elle branchait.

— Il est possible qu'ils aient contribué à attiser le feu.

Il montra les autres maisons, qui semblaient en mauvais état, mais dont il restait encore un petit bout.

— Tout ça, c'est trop, murmura-t-elle.

Elle se retourna pour ne pas avoir à voir son ancienne maison.

— Comment allons-nous trouver ce qui est arrivé au policier ?

— Commençons par la banque. Avais-tu accès au compte de ta grand-mère ?

— Oui. Nous partagions le compte. Il y avait nos deux noms dessus.

— Bien. Cela signifie que tout ce qui reste dessus est pour toi dans tous les cas.

— Je suppose. Je n'y ai pas vraiment jeté un coup d'œil. C'était le sien. Je n'utilisais pas ce compte.

— Tu es prête à faire un tour à la banque ?

— Quoi, maintenant ?

Elle jeta un œil aux voitures, puis se tourna vers lui.

— Ce n'est vraiment pas ton problème.

— Et pourtant, dit-il, je suis ici et je suis particulièrement qualifié pour t'aider.

Elle fronça les sourcils. Lui se contenta de secouer la tête.

— Je ne peux vraiment pas te donner de détails quant à mon expérience dans ces domaines, juste te dire que j'ai l'habitude de partir en mission et résoudre tout un tas de problèmes au passage.

Elle sourit à ses mots.

— C'est vraiment très vague.

— Effectivement. Tu ne peux pas t'imaginer toutes les choses que j'ai dû faire. Le fait est que si les policiers pensent que ta grand-mère a été assassinée, et que le policier qui venait t'annoncer la nouvelle a eu un accident de voiture, ce sont deux événements qui, si nous pouvons les relier, nous donneront une bien meilleure idée de l'importance de cette affaire de pièces. Et, si nous ne pouvons pas faire le lien entre la mort de ta grand-mère et la blessure du policier, cela te permettrait de te reposer et de savoir que c'était peut-être un cas isolé la concernant. Néanmoins, quelqu'un t'a envoyé des SMS, à la recherche de ces pièces. Il n'a pas cessé, alors même que ta grand-mère est morte depuis six semaines. Ce qui signifie qu'il n'a pas l'intention de s'arrêter.

Elle enfonça les mains dans ses poches et se balança sur ses talons.

— Tu penses que c'est le tireur, n'est-ce pas ?

Il acquiesça en silence.

— Il essaie de te faire peur. Il se sert de tactiques d'intimidation.

L'homme eut l'impression de pouvoir lire dans son âme. Le problème, c'était que son âme était sacrément innocente.

Elle avait été une élève modèle, un membre heureux de sa famille, avait un travail qui lui plaisait beaucoup et elle aimait sa vie. Du moins, ç'avait été le cas jusqu'à ce qu'elle perde les parties de sa vie qui faisaient que celle-ci valait la peine d'être vécue. Elle sourit tristement et lui dit :

— Dans ce cas, il faut que je fasse veille à rester en sécurité.

— C'est certain, dit-il, parce que personne d'autre ne peut veiller sur toi vingt-quatre heures sur vingt-quatre, sept jours sur sept. Et tu dois aussi être là pour Lacey et ses chiots.

— J'espère qu'elles vont survivre à cette épreuve.

— N'envisage même pas l'autre option. Elle a déjà déjoué toutes les probabilités. Elle a encore assez de force en elle pour rester en vie pour le moment. La chienne peut continuer de se battre. Elle, et sa petite aussi.

— C'est ce qu'on dit, mais ce n'est pas toujours si facile.

— Ce n'est jamais le cas. Il faut qu'on emmène les chiens faire une promenade, pour qu'ils fassent leurs besoins. Puis nous irons à la banque. Ensuite, je devrais les ramener au motel. Mais nous devons aussi nous arrêter pour acheter de la nourriture pour chiens.

Elle acquiesça. Ils firent sortir les chiens de la banquette arrière. Ils les laissèrent courir partout. Et les chiots, quoique pas du tout intéressés par la corde et le fait d'être attachés, étaient très heureux de courir, de lever une patte et de renifler. Beaucoup plus discipliné, Hershey garda un œil discret sur eux, tout en faisant toutes les choses qu'il devait faire aussi. Finalement, Rowan les rappela à la voiture, et lui demanda :

— Où est ta banque ?

— C'est à quelques rues d'ici. Il y a une animalerie juste à côté.

— Bien, dit-il, c'est là que nous irons en premier.

Elle hésita. Il secoua la tête.

— Non, on ne remet pas à plus tard. Nous devons aller à la banque. C'est le moment d'obtenir les réponses. Nous ne pourrons rien faire sans elles.

Elle hocha la tête, haussa les épaules, et partit vers son véhicule. Il la suivit dans sa location, avec les chiens. Elle entra dans le centre commercial, se gara devant la banque, descendit de voiture et se dirigea vers le véhicule de Rowan quand il s'arrêta. Elle dit :

— Tu restes ici avec les chiens. Dis-moi ce que je dois demander quand je vais entrer.

— Dis-leur que ta grand-mère est décédée et que tu cherches à savoir si elle avait un coffre-fort et d'autres comptes que celui que vous partagez.

— Je n'ai pas de certificat de décès, alors pourquoi me donneraient-ils des informations ?

— Tu peux leur donner le nom du légiste et son numéro de téléphone, et leur expliquer le problème.

Elle eut l'air perplexe.

— Tu crois qu'ils vont appeler ?

— Le légiste doit délivrer un certificat de décès, qui notifiera sûrement que la cause du décès est inconnue. Cela vaut tout de même la peine d'essayer pendant que nous sommes ici. Le légiste pourra sans doute parler au banquier, de sorte que tu aies accès à ce dont tu as besoin.

— Grand-mère avait un avocat, dit-elle soudain.

— Tu lui as parlé ?

— J'ai passé un coup de fil les premiers jours, mais je n'ai plus entendu parler de lui depuis.

— Eh bien, il devrait aussi avoir tous ces détails.

— Il n'avait pas l'air très aimable.

— Il ne s'agit plus de se montrer aimable. Va parler à la banque. Je vais aller chercher la nourriture pour chien et ensuite nous irons voir l'avocat de ta grand-mère.

— Tu n'es pas obligé de faire ça.

— Je sais, dit-il doucement. Vas-y. Je te retrouve ici dans dix minutes.

Il ferma la voiture à clé en ordonnant à Hershey de surveiller les chiots. Pendant qu'elle se dirigeait vers la banque, il se rendit à l'animalerie.

Dans l'établissement, elle reconnut l'une des guichetières. Elaine leva les yeux, lui sourit, et la salua :

— Bonjour ! Comment allez-vous ?

— Eh bien, je m'adapte lentement, mais on dirait qu'il faudra une éternité avant que nous puissions nous occuper de l'assurance et du paiement des biens.

Elaine grimaça.

— C'est plutôt rude. Tout le monde sait ce qui s'est passé, mais essayer de régler la paperasse, c'est une tout autre histoire.

— J'ai un compte avec ma grand-mère chez vous, donc je suppose qu'il n'y a aucun problème pour accéder à ce compte, car nos deux noms sont dessus, n'est-ce pas ?

— Tout à fait, approuva la guichetière. Tant que les deux noms y figurent, ce qui reste dessus vous appartient.

— Et que suis-je censée faire pour savoir si ma grand-mère avait d'autres comptes ?

— Laissez-moi vérifier.

Elle s'interrompit, puis lui demanda :

— Avez-vous déjà eu un certificat de décès ?

Elle répondit à voix basse :

— Non. Pour le moment, ils pensent qu'elle a été assassinée avant l'incendie.

Le visage d'Elaine arbora une expression choquée. Puis elle se pencha en avant à son tour et lui demanda :

— Vous êtes sérieuse ?

— Oui, malheureusement. J'ai le nom et le numéro de téléphone du légiste, vous pouvez le contacter au besoin. Je ne sais pas quels papiers il peut vous transmettre pour prouver qu'elle est partie, mais…

Sa voix s'éteignit, et elle sentit les larmes lui monter à nouveau aux yeux.

Elaine s'empressa de lui tendre la main, et lui dit :

— Attendez une minute. Laissez-moi parler à mon responsable.

Elle disparut dans le bureau au coin. À cet instant, Brandi sortit la carte de visite du légiste et l'appela.

Quand elle l'eut au bout du fil, il lui dit :

— Je peux vous rédiger un certificat de décès. Cela risque de me prendre un peu de temps.

— Je suis à la banque en ce moment.

— Très bien. Ce n'est pas un problème. Je vous l'envoie par mail en pièce jointe.

Quand il raccrocha, elle patienta jusqu'au retour d'Elaine : celle-ci avait un air soucieux.

— Vous allez me dire qu'on ne peut rien faire sans un certificat de décès, n'est-ce pas ?

— C'est la procédure standard, oui, affirma Elaine.

— Je viens d'appeler le légiste, et il est en train de m'en rédiger un qu'il va m'envoyer par mail.

Brandi l'attendit, et sourit quand il arriva.

— Je n'ai que la copie numérique sur mon téléphone.

— Renvoyez-le-moi, et je vais aller l'imprimer.

Ce qu'elles firent. Quand elle revint, la banque en possession du certificat pouvait procéder aux opérations qui devaient être faites. Elaine l'entraîna dans le bureau du directeur :

— Autant avoir cette conversation par ici. C'est un peu plus privé.

Brandi sourit et fit un signe de tête à son amie.

— Merci.

Le directeur se leva, lui serra la main, et lui dit :

— Toutes mes condoléances.

— Merci, dit-elle.

Il lui tendit un document :

— Nous en avons imprimé deux exemplaires, un pour nous et un pour vous.

Elle regarda le certificat de décès et sentit son cœur saigner un peu plus.

Elle chuchota :

— C'est tellement dur de le lire noir sur blanc.

— Je sais. C'est bien pire, n'est-ce pas ? dit-il en faisant signe à Brandi de s'asseoir. Je peux vous dire que votre grand-mère avait deux autres comptes, ainsi qu'un coffre-fort chez nous.

Elle le regarda avec surprise.

— D'accord.

— Il y a pas mal d'argent ici, donc j'ai besoin de voir un testament pour savoir ce qui se passe et qui y aura accès.

— Évidemment. L'avocat devrait avoir une copie de son testament. Je ne l'ai pas non plus.

— Alors, procurez-le-vous d'abord, et nous reviendrons sur ce point. Cependant, le compte ouvert à vos deux noms vous appartient légalement. Il y a plus de 150 000 dollars dessus.

Elle se cala dans son siège et le fixa.

— Plus de 150 000 dollars ?

Elle était stupéfaite. Elle n'était pas au courant que sa grand-mère disposait de tant d'argent.

Il acquiesça.

— Exactement 152 742,03 dollars.

— Doux Jésus ! murmura-t-elle. Je pensais que ma grand-mère était fauchée.

— Absolument pas. Les autres comptes disposent également de sommes d'argent conséquentes.

— Waouh ! s'exclama-t-elle. Je n'en savais absolument rien. De quoi avez-vous besoin pour me laisser accéder à ce coffre ?

— D'un bon avocat et d'un testament.

— Très bien, c'est donc la prochaine étape. Merci.

Elle se leva et lui serra la main.

— Est-ce que tout va bien niveau financier ? L'argent sur ce compte vous appartient légalement. Si vous avez besoin que nous vous fassions un virement, de sorte de pallier vos urgences, je peux le faire.

— Tout va bien. J'ai un salaire régulier. Même si tout ça est très difficile à gérer sur le plan émotionnel, heureusement, je n'ai pas de soucis financiers.

— D'accord. Faites-nous savoir si vous avez besoin d'autre chose.

Elle ressortit, l'esprit embrumé. Debout sur le trottoir, elle scruta les environs, elle avait déjà oublié où elle était garée. Quand elle entendit un klaxon, elle releva les yeux et vit Rowan à côté de sa voiture. Elle leva une main et se dirigea vers lui.

— Comment ça s'est passé ?

— Eh bien, j'ai obtenu un certificat de décès, dit-elle en le lui remettant. Ma grand-mère avait deux autres comptes, en dehors de celui auquel j'ai un accès légal, et elle avait un coffre-fort.

— D'accord, mais laisse-moi deviner : ne te laisseront pas accéder aux autres comptes ou au coffre-fort sans une copie du testament ?

— Oui, dit-elle d'un ton ironique. On dirait que tu es déjà passé par là.

— Absolument, répondit-il. Et, même si c'est frustrant, c'est censé nous protéger tous.

— Je comprends. Nous devons aller voir l'avocat.

ROWAN SOURIT, FIT un petit signe de tête et lui dit :

— Absolument. À quelle distance se trouve son cabinet ?

Elle regarda autour d'elle pour se repérer, puis dit :

— Viens. C'est juste à quelques pâtés de maisons d'ici.

— Alors occupons-nous de cela aussi. Plus tôt nous pourrons accomplir certaines de ces tâches, mieux tu te sentiras.

— Que se passera-t-il s'il y a une collection de pièces dans ce coffre-fort ? s'inquiéta-t-elle.

— Dans tous les cas, nous parlerons aux flics des menaces que tu as reçues. Ça me stupéfie que tu ne l'aies pas encore fait.

— Je me suis contentée de suivre le mouvement. Au départ, j'étais trop affligée pour faire autre chose que rester assise en état de choc, et j'ai quand même fini par devoir aller travailler. C'est donc ce que j'ai fait une fois la panique passée. Je me concentrais sur la recherche de ma belle Lacey. Et maintenant que je l'ai trouvée, c'est encore plus déchirant de découvrir ce qui s'est passé avec mon chien.

— Tu sais aussi que ta grand-mère a été assassinée, et ça

fait une sacrée différence.

— Absolument.

— Allons voir l'avocat. Plus tôt nous en aurons terminé, mieux ce sera.

— Je sais, mais on est vendredi, un jour de semaine, ce qui est une bonne chose, sinon la banque et le cabinet d'avocats ne seraient même pas ouverts.

— Bon point. Appelle-le d'abord.

— Je vais laisser un message vocal.

— Cela pourrait valoir le coup de vérifier.

Elle gémit, sortit son téléphone, chercha dans ses contacts, trouva l'avocat et appela.

— J'espérais pouvoir passer vous voir au sujet de la succession de ma grand-mère.

— Je suis occupé.

— Vous êtes son avocat. Soit vous avez une copie du testament, soit vous n'en avez pas. Ça fait plus de cinq semaines que nous ne nous sommes pas parlé, dit-elle d'un ton sec.

— Oui, il est temps. Soyez là d'ici trente minutes.

Et il raccrocha.

Elle fixa le téléphone.

— Il y a vraiment quelque chose qui cloche avec cet avocat. Il n'est absolument pas professionnel, il est exaspérant. Je ne sais même pas si c'est un vrai avocat ou non, marmonna-t-elle. Je n'ai jamais eu affaire à lui jusqu'à maintenant.

— Comment as-tu su qu'il fallait l'appeler ?

— Par le passé, elle m'a dit que, si j'avais besoin d'un coup de main pour la succession, je devais le contacter.

— Je suggère que nous allions le voir.

— Eh bien, je n'ai pas vraiment le choix. C'est ridicule que nous conduisions les deux véhicules partout.

— C'est bon. Je vais suivre derrière avec les chiens.

Ce n'était qu'à quelques rues de là et, tandis qu'elle se garait à l'arrière du grand bâtiment en briques, il se plaça derrière elle. Elle descendit de sa voiture. Il fit de même en observant la zone. C'était un quartier moyen. Un centre-ville. Il n'y avait rien de suspect à ce niveau. Cela ressemblait à un bureau d'avocat typique. Ce qui était suspect, c'est que cet homme ne l'avait pas contactée et n'avait fait aucune tentative pour s'occuper de la succession de sa grand-mère. Rowan n'aimait pas ça du tout.

Il laissa de nouveau les chiots dans la voiture, sous la surveillance de ce dernier. Puis Rowan descendit rapidement, prit la main de la jeune femme dans la sienne, remarquant qu'elle n'était même pas surprise, mais peut-être même heureuse d'avoir un peu de soutien, et ouvrit la voie vers le bâtiment. Dès qu'ils entrèrent dans le bâtiment et montèrent au deuxième étage, il emprunta le couloir et frappa à la porte de l'avocat. La porte elle-même n'était pas tout à fait verrouillée et s'ouvrit sans mal.

Il jura et poussa Brandi derrière lui en murmurant :

— Ne dis pas un mot.

Elle se figea. Il ouvrit plus grand la porte. L'endroit avait été mis sens dessus dessous. Il se retourna pour lui montrer à quoi ils avaient affaire.

Elle resta bouche bée, les yeux écarquillés, et elle murmura :

— Oh, mon Dieu.

— Reste ici.

Il entra, passa le coin vers les bureaux privés. Et, comme il s'y attendait, un homme seul, assis sur une chaise, avait un impact de balle en plein front. Rowan fit rapidement le tour des bureaux et ne trouva rien de suspect ni personne. Il retourna dans le couloir et sortit son téléphone. Il recomposa un numéro récent. Quand le légiste lui répondit à nouveau, il expliqua qui il était.

— Vous savez sûrement quel inspecteur s'occupe de l'affaire de Brandi, maintenant que le premier est à l'hôpital, mais pas nous. Nous venons d'aller au bureau de l'avocat pour récupérer une copie du testament et lui parler de la succession de la grand-mère, et l'avocat en question a été abattu.

— Sérieusement ?

— Oui, nous pourrions appeler le 911, mais nous nous sommes dit que ce serait plus simple de nous adresser à la personne qui s'occupe de son affaire, parce que, à l'évidence, c'est lié. Nous avons parlé à l'avocat il y a à peine vingt minutes.

— Vous devez sortir de ce bâtiment, conseilla le légiste. Le tueur pourrait être encore là.

— Je sais. Nous avons quitté la scène, mais nous sommes juste au bout du couloir, hors de vue.

— Restez où vous êtes. J'appelle la police et je vous retrouve là-bas.

— Apparemment, dit-il à Brandi en rangeant son téléphone, les policiers en charge de cette affaire sont en route, tout comme le légiste.

— Ça me va.

Brandi jeta un œil en direction du bureau de l'avocat.

— C'était moche, hein ?

— Une balle dans le front.

Elle hoqueta. Il la regarda, grimaça et s'excusa.

— J'aurais pu te dire ça plus délicatement.

— Un suicide ?

— Non. Peu de suicidés pointent réellement une arme

sur leur front. C'est soit sur la tempe, soit dans la bouche.

— Un meurtre ? murmura-t-elle.

— Je pencherais plus pour ça, oui.

— Pourquoi ?

— Tout est lié, fit-il d'un ton sinistre.

— Soit il savait quelque chose qu'il aurait dû ignorer, soit il a empêché quelqu'un d'essayer de faire quelque chose, soit il était impliqué dans quelque chose.

Quand elle leva les yeux vers lui, il vit les larmes se former à nouveau au coin de ses yeux, alors il la prit dans ses bras et la serra contre lui.

— Ce n'est pas ta faute.

— Mais, si l'avocat n'avait pas répondu à mon appel téléphonique aujourd'hui, peut-être qu'il serait encore en vie.

— Peut-être. Et peut-être qu'il serait mort hier. Nous ne savons pas ce qui se passe. Toi, tu n'as pas appuyé sur la gâchette.

— Et tu n'as vu personne d'autre là-dedans ?

— Non, il n'y avait personne. Nous les avons ratés de peu.

— Le tueur devait être ici au moment de mon appel.

— C'est aussi une de mes suppositions.

Il entendit la porte du hall s'ouvrir.

Deux inspecteurs se dirigèrent vers lui. Ils avaient l'air dur et sinistre, comme s'ils avaient déjà tout vu. Ils s'arrêtèrent dans le couloir et froncèrent les sourcils.

— Rowan Burlow, se présenta-t-il. C'est nous qui avons appelé le légiste.

— Et de quoi s'agit-il ?

Il fit rapidement un compte-rendu au sujet de la maison de sa grand-mère et du meurtre, de la visite avec le légiste, de la banque, puis de la nécessité de parler à l'avocat.

— Donc elle a organisé le rendez-vous avez l'avocat il y a moins d'une heure, et nous l'avons trouvé mort à notre arrivée.

— Et qui d'autre était ici à ce moment-là ? demanda le premier policier, alors qu'ils se dirigeaient en groupe vers le bureau de l'avocat.

— Nous n'avons vu personne, intervint Brandi. Personne quand nous sommes arrivés, et personne dans le couloir depuis que nous sommes là.

— D'un autre côté, se souvint Rowan, un camion est sorti du parking arrière au moment où nous nous sommes garés.

— Je ne me souviens pas de ça.

— Il y avait un pick-up garé à l'autre bout du parking. C'était le seul véhicule. Nous avons pris les deux places les plus proches de la porte. Il était de l'autre côté. Il est reparti.

— Seriez-vous capable de reconnaître la marque et le modèle ?

— Ford Ranger. Noir. Un modèle plus ancien. Peut-être 2010, 2012. Je ne peux pas en être certain. Trop loin pour voir la plaque d'immatriculation.

— Ou le chauffeur ?

— Ou le chauffeur, confirma-t-il en hochant la tête.

Les policiers posèrent quelques questions supplémentaires, puis ils se tournèrent vers la porte.

— Est-ce qu'elle était ouverte ?

— Elle était tirée, mais pas fermée, entrouverte d'à peine quelques centimètres.

— Et vous l'avez poussée pour l'ouvrir ?

— Effectivement, et je lui ai dit de rester dehors quand j'ai vu dans quel état se trouvaient les bureaux.

Après avoir mis des gants, les détectives poussèrent à leur

tour la porte et s'arrêtèrent pour regarder. En effet, des papiers, un manteau, des tiroirs de la réception et des chaises avaient été jetés au sol.

— On dirait un cambriolage.

— Sauf qu'on est dans les locaux d'un avocat, intervint Brandi. Ce n'est pas comme s'ils gardaient quelque chose de précieux ici.

— Ce qu'ils gardent, dit Rowan, ce sont des informations. Et cela a toujours de la valeur pour quelqu'un.

L'un des flics se retourna et lui jeta un regard sévère.

Rowan se contenta de lui sourire.

— J'ai assez bossé sur le terrain pour le savoir.

— Oui. Nous allons devoir examiner un peu vos antécédents, dit le policier.

— Ce n'est pas un problème. Je peux vous donner des références.

— Bien sûr, mais sont-elles du genre à résister à un examen approfondi ?

— Absolument. Vous n'êtes pas obligé de me croire. Je travaille au nom du département des Chiens de Guerre. N'hésitez pas à prendre contact avec Titanium Corp pour vérifier ce que je fais ici. Ou la croix du Commandeur de la Marine américaine.

Ils prirent quelques notes en hochant la tête, puis rangèrent leurs carnets, e ordonnèrent :

— Vous deux, vous restez ici.

Conciliant, Rowan hocha la tête, passa un bras autour des épaules de Brandi et la serra contre lui. Il répondit :

— Nous serons juste là.

Les inspecteurs disparurent.

Elle leva les yeux vers lui.

— Tu n'auras pas d'ennuis, j'espère ?

— Il n'y a pas tellement matière à avoir des ennuis. Je n'ai pas tué le type.

— Moi non plus, mais l'avocat m'a parlé au téléphone.

— Et c'est aussi une question que je te poserais.

— Qu'est-ce que tu veux dire ?

— Comment sais-tu que tu as parlé à l'avocat ?

Elle écarquilla les yeux.

— Oh, mon Dieu, tu es en train de me dire que j'ai peut-être parlé au tueur ?

— C'est tout à fait possible, mais je ne suis sûr de rien. Peux-tu affirmer à coup sûr que c'était ton avocat ?

Elle secoua lentement la tête.

— Je ne lui ai parlé qu'une fois, et c'était au cours de la première semaine après la mort de ma grand-mère, expliqua-t-elle, et il m'a dit qu'il s'occuperait de tout. Ensuite, je n'ai plus jamais entendu parler de lui jusqu'à ce que je le contacte aujourd'hui. J'étais juste… honnêtement, j'étais heureuse de repousser le moment.

— Et comme il s'agit d'un meurtre, il est fort possible qu'ils ne puissent pas faire grand-chose avec la succession dans l'immédiat.

— On aurait pu penser qu'il me contacterait, au moins.

— Peut-être. Nous ne savons pas encore quelle est l'histoire. C'est un peu compliqué de sauter sur les conclusions.

À ce moment-là, l'un des inspecteurs revint à travers le désordre jusqu'à l'endroit où ils se tenaient. Il la regarda.

— Quand l'avez-vous appelé ?

— Laissez-moi vérifier, lui dit-elle en sortant son téléphone, vérifiant dans ses appels récents la date de celui qu'elle avait passé à l'avocat.

Elle le lui montra. Il nota l'heure et le numéro.

— Nous y avons pensé pendant que nous attendions ici. Rowan m'a demandé si je serais capable d'identifier la voix de l'avocat à l'autre bout du fil.

L'inspecteur leva le nez, lui jeta un regard dur et perçant et s'enquit :

— C'était le cas ?

— Je n'en suis pas certaine, avoua-t-elle. Je ne lui ai parlé qu'une seule fois auparavant, et c'était la semaine après que la maison de ma grand-mère a brûlé avec elle dedans. J'étais encore submergée par le chagrin, et la plupart du temps, j'avais du mal à parler sans pleurer. Je n'ai pas vraiment su si c'était lui ou non lors du premier appel, et je ne pourrais sûrement pas le comparer à ce que j'ai entendu aujourd'hui. Mais il s'est montré brusque aujourd'hui.

— Énervé, précisa Rowan.

— Vous savez pourquoi ?

Ils secouèrent tous deux la tête.

— Je n'ai jamais eu de contact avec lui. La première fois que j'ai entendu parler de lui, c'était par elle.

L'inspecteur, dont le visage ne laissait rien paraître, se contenta de continuer à prendre des notes.

— Bon, je vais prendre vos dépositions, et il faudra que vous les signiez. Et il me faut aussi vos coordonnées à tous les deux.

Ils lui firent part des informations dont ils disposaient, par le biais d'une déposition, puis donnèrent leurs numéros de téléphone à l'inspecteur.

— Le légiste sera bientôt là et, bien sûr, l'endroit va devenir un peu chaotique avec la police scientifique. Restez en ville, et nous vous recontacterons.

— Ça me va, répondit Rowan. Nous cherchons une copie du testament de sa grand-mère. Y a-t-il une chance que nous puissions l'obtenir auprès du bureau du procureur ?

Le policier les regarda tour à tour.

— On va faire une recherche d'empreintes sur tout ce qui se trouve ici. Nous avons besoin de tout ça pour la scientifique. Lorsqu'ils en auront terminé, je pourrai revenir ici avec vous, et nous le chercherons. Vous me signerez un reçu.

— Il aurait dû être enregistré auprès des tribunaux aussi, dit soudain Rowan, faisant face à Brandi. Nous pourrions essayer cette voie.

— Peut-être, mais je ne sais pas si ma grand-mère a fait des changements dans le testament.

— Je pense qu'il est temps que tu leur parles de ta collection de pièces de monnaie, l'encouragea-t-il gentiment. Ainsi que des coups de feu tirés sur toi quand nous avons découvert Lacey.

— Oh !

Brandi sortit son téléphone, se tourna vers l'inspecteur, et lui montra :

— Je n'arrête pas de recevoir ça.

CHAPITRE 9

L'INSPECTEUR PRIT SON téléphone portable, lut les SMS et fronça les sourcils.

— Quand ont-ils commencé ? demanda-t-il en faisant glisser ses doigts sur son écran pour afficher des messages antérieurs.

— Durant les premiers jours après l'incendie. J'ai supprimé tous les appels précédents. Au départ, je ne comprenais pas ce que c'était. Ce type s'est montré très insistant.

— Vous pensez qu'il peut y avoir quelque chose au sujet de ces pièces dans le testament ?

— Je ne sais pas, répondit-elle. Mais j'ai appris aujourd'hui qu'elle avait été assassinée, et c'est une tout autre histoire.

— C'est vrai, en effet, dit-il, en continuant à écrire des notes. C'est sûrement lié aux coups de feu qui ont été tirés sur vous dans la forêt.

— Nous sommes allés à la banque, dit Rowan qui l'informa de ce qu'elle avait découvert lors de ce rendez-vous. Nous sommes donc venus ici pour obtenir une copie du testament, qui lui permettrait de voir ce qu'il y a dans le coffre.

— Très bien. Donc, à supposer que quelqu'un savait ce que vous faisiez, ou avait un intérêt pour le testament de votre grand-mère et savait que cet avocat le détenait et avait peut-être accès au coffre-fort, cela constituerait un mobile pour sa mort.

— Y a-t-il une chance que ce soit un suicide ? demanda-t-elle avec espoir.

L'inspecteur secoua la tête. Rowan se contenta de sourire discrètement.

Elle soupira.

— Deux personnes sont mortes. C'est moche. Et pour quoi ? Une stupide collection de pièces de monnaie ?

— Cela veut simplement dire qu'elle a beaucoup de valeur.

— Peut-être, mais ils auraient pu l'avoir en laissant la vie sauve à ma grand-mère !

— Il y a des chances que le tueur n'y ait pas songé, ou qu'il n'ait pas pensé que vous laisseriez faire une telle chose, objecta l'inspecteur. Dans tous les cas, j'ai besoin que vous évacuiez les lieux. Je vous recontacterai.

Elle se tourna vers Rowan, impuissante.

— Viens. Allons-y.

— Aller où ? demanda-t-elle. C'est un tel cauchemar !

— C'est un cauchemar, mais nous avons en fait beaucoup appris. Tu as assez d'argent pour survivre, si tu en as besoin. Il y a aussi un coffre-fort et deux autres comptes. Ce qui m'intéresse, c'est de savoir s'il y a de la famille ou quelqu'un d'autre dans son entourage.

— Quelqu'un l'aurait vraiment tuée pour s'emparer de la collection de pièces de monnaie ?

— Cela dépend de la valeur de la collection de pièces, dit-il. Il faut que tu comprennes que certaines de ces choses valent plusieurs centaines de milliers de dollars.

— Franchement, je m'en fiche. Je veux juste retrouver ma grand-mère.

— Je comprends bien, mais ça ne veut pas dire que tout le monde raisonne comme toi. Les épaules de Brandi se voûtèrent. Il soupira, tendit la main et lui dit :

— Écoute. Je suis navré, mais en matière de mobile, l'argent est souvent la raison numéro un.

— Je comprends.

Ils étaient de retour sur le parking, leurs véhicules étant les deux seuls à côté de celui de l'inspecteur.

— Je me demande quand la police scientifique va arriver.

— Ils seront là dès qu'ils le pourront, répondit Rowan. Mais on ne veut pas rester là.

— Est-ce que ce serait mauvais ?

— Long. Ennuyeux. Personne ne nous dira rien. Et, compte tenu de ces facteurs, j'ai d'autres choses à faire, comme ramener le chien et les chiots au motel.

— Je n'ai pas envie de rentrer chez moi.

— Rentre avec moi. Il faut que j'aille chercher à manger.

— Quel genre de nourriture ?

— Le dîner. J'en ai vraiment ma claque de manger des barres protéinées aujourd'hui.

Elle rit.

— Eh bien, on peut toujours commander à emporter.

— Il y a un fast-food pas loin. J'y suis allé hier soir. Je me disais que je pourrais aller y faire un tour pour voir si je peux trouver quelques plats à emporter.

— Pourquoi n'irais-tu pas au motel avec les chiens, pendant que je passerais prendre des hamburgers ? suggéra-t-elle.

— Pourquoi pas ?

Il lui donna le nom du motel et dit :

— Le fast-food est juste au bout du pâté de maisons.

Elle remonta dans sa voiture :

— Occupe-toi de ces chiens.

— Nous devrions aussi aller chez le vétérinaire.

— Je vais faire ça aussi, dit-elle, puis elle mit le moteur en route et se dirigea vers le bord du parking.

Elle avait envie d'être seule, et dans le même temps, elle n'en avait pas du tout envie. C'était invraisemblable.

— Mon Dieu, je suis vraiment désolée, Mamie. Je ne sais pas ce qui se passe. Mais ça, c'est carrément moche. Tu aurais pu facilement vivre dix ans de plus.

Sa grand-mère n'avait qu'un peu plus de soixante-dix ans. Elle était en excellente santé. À l'exception de ce maudit couteau entre ses côtes. Bouleversée, angoissée, accablée par le chagrin, elle roula lentement jusqu'à ce qu'elle voie le motel. Brandi le dépassa et s'arrêta devant le fast-food. Elle n'y connaissait rien, mais ils avaient besoin de manger. Elle entra et commanda un grand double burger pour Rowan et un simple pour elle, avec des frites, à emporter. Le temps de payer, elle ajouta une tasse de café à la commande. Elle ramena tout sur son siège avant, puis fit lentement demi-tour et alla se garer sur le parking du motel. Elle vit sa voiture et se plaça à côté de lui, puis lui envoya un message.

Quel numéro de chambre ?

217, répondit-il.

Elle descendit de voiture, prit les sacs de nourriture, verrouilla ses portières et avança lentement jusqu'aux escaliers extérieurs.

Là, elle avança sur la coursive jusqu'à trouver la bonne porte.

Elle frappa, et il cria :

— Entre !

Maladroitement, elle ouvrit, immédiatement accueillie par des chiots patauds. Le simple fait de les voir lui redonna le sourire. Rowan vint près de la porte pour la décharger des sacs de nourriture. Elle laissa tomber son sac à main quand la porte se referma, et s'assit par terre pour cajoler les chiots. Elle prit le premier et serra contre elle la boule de fourrure qui gigotait.

— Ils sont vraiment apaisants, hein ?

— Effectivement, répondit-il en souriant. As-tu appelé la clinique vétérinaire ?

— Je voulais d'abord venir, au cas où les nouvelles seraient mauvaises. J'ai eu du mal à conduire.

— J'espère sincèrement que ce ne seront pas de mauvaises nouvelles.

— Oui, mais il arrive de mauvaises nouvelles à de bonnes personnes. Ma grand-mère en est un bon exemple.

Il baissa les yeux vers elle alors qu'elle était assise là, en train de câliner les chiots.

— Tu veux que j'appelle ?

Elle leva sur lui un regard reconnaissant.

— Tu ferais ça ?

Son ami composa le numéro. Elle tendit l'oreille, ne voulant pas entendre la réponse, mais espérant vraiment une bonne nouvelle, et se rendit compte qu'elle ne pouvait s'empêcher de garder les yeux rivés sur son visage pendant qu'il parlait. Il parvint à garder une expression totalement neutre.

— Parfait, merci pour les nouvelles.

Ensuite, il éteignit son téléphone, se tourna vers elle, et lui annonça :

— La petite va beaucoup mieux. Elle a les yeux ouverts, et elle se déplace.

Elle sentit son cœur s'alléger.

— Et Lacey ?

— Pas de changement, dit-il doucement. Ils ont réparé sa patte, et elle est sous antibiotiques à haute dose. Plus des analgésiques. Mais ils sont optimistes. C'est juste que c'est trop tôt pour dire quoi que ce soit.

ROWAN AURAIT AIMÉ pouvoir dire que Lacey était sur pattes, qu'elle sautillait comme son chiot, mais ce n'était pas le cas. Cela prendrait du temps, et elle avait souffert ces dernières semaines. Il montra la nourriture d'un geste.

— Allez. Mangeons. Tu te sentiras mieux.

— Je me sentirai mieux une fois que Lacey et son chiot seront sortis de cette clinique vétérinaire, s'écria-t-elle avec passion.

— Je te comprends. C'est ce que je ressens à propos de Hershey. Je n'arrive pas à croire que nous ayons retrouvé les chiens.

— Moi non plus. Quelle fin surprenante pour ce cauchemar ! Je n'étais pas vraiment sûre de ce que je devais te prendre, alors je t'ai commandé le double hamburger, et j'ai pris le simple pour moi.

Il partagea la nourriture, prit une assiette, poussa le sac en papier dans lequel la nourriture était arrivée, et jeta toutes les frites entre eux pour qu'ils puissent se les partager. Cela la fit sourire.

— J'aurais dû leur demander du ketchup.

— J'ai assez faim pour les manger telles quelles.

En effet, il les mangeait quatre par quatre. Cela la fit sourire. Il sourit aussi et secoua la tête quand elle en prit une.

— Tu peux manger plus d'une frite à la fois, tu sais ? la taquina-t-il.

— Je vais commencer par manger le burger. Il est énorme. S'il reste de la place après ça, dit-elle, je prendrai des frites.

— Bon plan, dit-il en prenant son burger qu'il déballa d'un côté avant d'en mordre un gros morceau.

Il était aussi bon que celui de la veille, parce qu'il avait encore plus faim, ou peut-être que le goût était encore meilleur.

Pendant tout le trajet jusqu'à la maison, il s'était demandé ce qui se passait. Mais tout semblait indiquer que la grand-mère possédait un objet de valeur dont elle n'avait pas parlé à sa petite-fille, que ce soit parce qu'elle en avait honte, qu'elle ne voulait pas en parler, qu'elle l'avait complètement oublié ou qu'elle n'y voyait aucune valeur. Et qui sait quels autres mobiles pouvaient se cacher là-dessous. Ce genre de chose devait toujours être révélé au grand jour avant d'être résolu.

— Avais-tu quelqu'un de la région qui venait à la maison pour faire le jardinage ou autre chose pour toi ?

— Je faisais la plupart des choses moi-même.

— D'autre famille ?

— Non. Pas d'autre famille non plus.

— Que s'est-il passé ?

— Mes parents ont été tués dans un accident de voiture. J'y étais aussi, mais jusqu'à aujourd'hui, je n'ai jamais eu le moindre souvenir de ce qui s'est passé. J'ai passé trois semaines à l'hôpital et, quand je suis enfin sortie de ma torpeur, mes parents avaient déjà été enterrés et ma grand-mère avait eu ma garde, raconta-t-elle doucement. Ç'a été une année plutôt difficile. Tant pour elle que pour moi. Nous avons vieilli ensemble, et nous étions très proches. Elle me manque atrocement.

— Et tu n'as jamais rencontré d'autre famille, pendant tout ce temps ?

Brandi tendit la main pour prendre une frite sur le tas.

— Pas que je m'en souvienne, dirons-nous. Je suppose qu'il y a peut-être encore de la famille quelque part vers chez elle. Seulement, je ne sais pas où.

— Ce qui veut dire qu'elle n'était pas une enfant unique ?

— Il est possible qu'elle ait eu des frères et sœurs. Je ne sais pas. Si je comprends bien, je suis la dernière.

— Très bien, c'est le genre de choses que nous avons besoin de savoir, alors il va falloir que nous fassions des recherches.

— L'avocat devrait théoriquement avoir toutes ces informations aussi.

— L'avocat aurait dû avoir une liste des bénéficiaires probables, et c'est ce que je veux vraiment savoir. Avec ta grand-mère décédée désormais, qui reçoit l'argent ?

— Eh bien, l'argent, c'était la maison, et elle est réduite en cendres.

— Il va y avoir une compensation, alors tout est question de savoir qui héritera de ça.

— C'est tellement injuste que quelqu'un puisse faire du mal à une femme douce et innocente comme elle pour récupérer sa maison.

— Des gens auraient assassiné cette douce et innocente femme pour un sandwich qu'elle tenait dans la main. Il ne faut pas se voiler la face. Quatre-vingt-dix-huit pour cent d'entre eux sont tous géniaux, mais les deux pour cent restants sont de vraies ordures.

Elle acquiesça.

— C'est que je n'ai pas tellement d'expérience de ce

genre de choses.

— Peut-être pas, dit-il, mais tu vas avoir droit à un cours accéléré sur le sujet.

CHAPITRE 10

QUAND BRANDI SE mit enfin au lit chez elle ce soir-là, elle était complètement lessivée. Le problème, c'était qu'elle fut dans le même état en se réveillant le lendemain. Mais c'était dimanche, et il fallait qu'elle aille au travail rattraper certaines choses. Si elle travaillait le week-end, elle essayait de prendre des congés pendant la semaine en compensation, mais elle avait perdu beaucoup de temps après la mort de sa grand-mère, alors elle devait encore rattraper son retard. Elle dit à Rowan qu'elle le contacterait à la fin de la journée pour savoir s'il s'était présenté à la clinique vétérinaire ou s'il avait découvert quelque chose d'autre. Il n'arrêtait pas de parler de la recherche d'informations supplémentaires. Elle ne comprenait tout simplement pas ce qu'il était censé découvrir, mais elle ne voulait pas non plus laisser tomber la possibilité d'un résultat.

Une fois terminée sa journée au labo, elle retourna à son petit appartement meublé minable et s'assit sur le canapé ; elle n'avait aucune envie d'être là. Elle voulait aller voir les chiots, et VOIR Rowan, et elle voir Hershey. Et quelle que soit l'excuse, elle sauterait dessus. Elle sortit son téléphone et lui envoya un SMS.

Qu'est-ce que tu fais ?

Je pense au dîner. Qu'est-ce que tu fais ?

Je viens de rentrer chez moi. Je suis fatiguée et j'en

**ai marre. Mon esprit se perd dans un million de direc-
tions, et je ne peux pas me reposer. J'ai aussi besoin de
nourriture. Je veux aussi voir les chiots.**

On peut commander, si tu veux.

Ou je vais juste apporter un sandwich, tapa-t-elle.

Plutôt deux, répondit-il avec un émoji souriant.

Elle sourit aussi en se levant. Elle alla jusqu'à son frigo,
et se rendit compte qu'elle n'avait pas grand-chose d'autre.
Elle prépara rapidement plusieurs grands sandwiches. Elle
prit des fruits et des sachets de thé, car il avait une bouilloire,
et elle prit aussi quelques trucs dans sa petite cuisine. Elle fit
les dix minutes de trajet jusqu'à son motel. Elle se gara, puis
monta à l'étage ; elle entendait déjà japper les chiots. Devant
la porte, elle les appela :

— Salut, les petits ! Devinez qui est là ?

Ils reconnurent sa voix et filèrent vers la porte, aboyant
et jappant comme des fous. Un moment plus tard, Rowan
arriva et lui ouvrit. Elle lui tendit la nourriture et se laissa
tomber pour se noyer dans l'amour des chiots.

— J'ai appelé le vétérinaire deux fois aujourd'hui, murmura-t-elle, et chaque fois, c'était la même réponse. Aucun
changement. Aucun changement.

— Je suis désolé, lui dit-il. Ça doit être difficile.

— Les flics m'ont aussi appelée pour me poser d'autres
questions, expliqua-t-elle, pour savoir quand j'avais rencontré
l'avocat par le passé. Combien de fois ma grand-mère avait
eu contact avec lui. Toutes sortes de choses. Je n'avais pas de
réponses à leur apporter.

— Ils vont se débrouiller, lui dit-il d'un ton qui se voulait réconfortant.

Elle secoua la tête.

— J'aurais pu y croire avant, mais maintenant, j'ai

l'impression que tout va mal.

— Et, bien sûr, avec tout ça, c'était une journée de merde au travail, n'est-ce pas ?

— Ça ressemblait à un lundi pour moi, parce que je travaille de temps en temps le week-end.

— Rien que ça, ça en fait une journée de boulot merdique.

Il rit.

— Ton travail est terminé, non ?

Il lui était venu à l'esprit ce matin-là, lorsqu'elle se rendait au travail, que Rowan était venu chercher le chien. Maintenant qu'il avait Hershey, sa mission était accomplie.

— Quand est-ce que tu pars ?

— Pas avant quelques jours.

Elle hocha la tête, triste.

— Eh bien, il fallait s'y attendre. Tu as rempli ta mission, alors maintenant tu peux rentrer chez toi avec le chien.

— C'est vrai. Du moins en partie. Une autre partie de moi veut fouiller ce mystère.

— Eh bien, il ne s'est rien passé au cours des dernières semaines depuis mon retour aux États-Unis, alors je doute fortement que nous obtenions des réponses avant ton départ.

— Qui sait ? J'ai un avantage dans cette affaire, dit-il en déballant les sandwiches. Je suis mon propre patron. Donc, si je veux rester plus longtemps, je peux le faire.

Elle le regarda avec espoir.

— Cela ne veut pas dire que je peux me permettre de te payer pour m'aider à aller au fond des choses.

— Je n'ai pas demandé à être payé.

— Non, dit-elle en levant les mains en signe de frustration. Je ne suis pas dans mon assiette. Quand je regarde tout ce qui se passe dans ma vie, c'est comme si plus rien n'avait autant d'importance pour moi. En dehors de Lacey et de ses chiots…

— C'est peut-être le moment de connaître un peu de changement. As-tu envie de rester dans cette région ?

— Dieu sait que j'avais toujours prévu de rester dans la maison de ma grand-mère. C'était ma maison depuis mes dix ans, dit-elle. On me l'a arrachée et j'ai l'impression d'avoir perdu mes racines. Je vis dans un appartement meublé nul parce que je ne veux pas acheter de meubles, et encore moins une maison. Je n'ai pas envie d'avoir quelque chose à moi. Je ne veux pas m'enraciner. Cela n'a aucun sens, car je dois bien vivre quelque part.

— C'est pour ça que tu vis là-bas maintenant, mais rien ne t'oblige à y rester.

— Je n'en ai pas l'intention, dit-elle, mais j'aime mon travail.

— Et c'est une bonne raison de rester. Ils n'ont des bureaux qu'ici ?

— Non, il y en a plusieurs autres à travers le pays. Je pourrais rejoindre n'importe lequel d'entre eux si je le voulais.

— Voilà qui t'ouvre l'Amérique entière !

— Je ne veux pas aller sur la côte est, je ne veux plus d'hiver.

— Eh bien, si tu pars dans le sud, dit-il d'un ton neutre, tu peux pas mal éviter l'hiver.

— Je vais devoir y réfléchir.

— Dans quels États as-tu d'autres bureaux ?

— Laisse-moi voir.

Elle afficha le site web de l'entreprise sur son téléphone.

— Le Nouveau-Mexique, la Floride, l'Illinois et New York.

— Est-ce que l'une de ces destinations te tente ?

Elle haussa les épaules.

— Je ne connais aucun de ces États.

— Je pourrais voter pour le Nouveau-Mexique, parce que c'est là d'où je viens. C'est là aussi que se trouve l'entreprise pour laquelle je travaille.

— Alors, c'est là que tu vis ? demanda-t-elle en levant la tête pour le fixer.

Il lui adressa un sourire en coin.

— Et voilà une autre très bonne question, parce que dans ma précédente carrière, je faisais des missions navales. Puis j'ai été gravement blessé, et je me suis remis depuis, mais en ce moment, je réfléchis à ce que j'ai envie de faire après.

— C'est une bonne question, souligna-t-elle. C'est ce que tu as envie de faire, donc ?

— Je suis heureux de travailler pour Titanium Corp. Pas de stress. On peut faire des missions toujours différentes, comme le genre de missions qu'ils proposent. Ça me plairait de rester avec eux au moins quelques années, le temps de voir si j'ai envie de plus.

— Tu te plais comme ça pour le moment ?

— Absolument, répondit-il. C'est plutôt agréable d'avoir du temps à passer le soir à la maison. Et, même si on m'envoie au loin, ce ne sera que pour un jour ou deux, ou cinq, comme maintenant, pas pour des semaines. J'avais l'habitude de faire des entraînements extrêmes lourds tout le temps, et je n'étais jamais à la maison. C'est différent. En général, ce sont des affaires locales. Ce qui signifie rentrer chez soi à la fin de la journée, et ne pas travailler le week-end. J'aime vraiment ça. C'est la première fois dans ma vie d'adulte que j'ai quelque chose de semblable.

—

— Je comprends, murmura-t-elle. Notre laboratoire a des bureaux à Albuquerque.

— C'est bien ! Il y a toutes sortes d'opportunités. En plus, il n'y a pas d'hiver moche, ajouta-t-il avec un sourire.

Elle baissa les yeux sur Hershey.

— Tu vas emmener ce gars avec toi ?

— Je l'espère. J'ai fait une demande à Badger. Il dirige l'entreprise et il s'occupe des dossiers des Chiens de Guerre. Je crois bien avoir la priorité, mais ça va sûrement passer par la Marine, pour finaliser la paperasse.

— Il y a toujours de la paperasse, pas vrai ?

— Toujours, oui. Je mets la bouilloire à chauffer et nous avons des sandwichs. Ça te dirait de manger ?

Elle soupira, prit le chiot qui s'était endormi sur ses genoux, lui donna un doux baiser, le reposa et se leva.

— Les animaux m'ont vraiment manqué, dit-elle.

— Il faut que tu décides de ce que tu vas faire avec les chiots. Ils sont trois en plus de ta femelle.

— Il faut que je la fasse stériliser, j'aurais dû en parler au vétérinaire quand j'étais là-bas.

Brandi parla à l'une des réceptionnistes après avoir composé le numéro de la clinique, et demanda à faire opérer Lacey.

— Je vais en parler au vétérinaire demain, annonça la femme. Si nous devons l'opérer à nouveau, ce sera le moment d'en profiter. Je ne suis pas sûre qu'elle soit assez forte pour supporter une opération aussi importante pour le moment.

— Ça me va, dit-elle, du moment qu'on garde ça à l'esprit.

— C'est noté.

Elle raccrocha, se rassit, et jeta un œil aux sandwiches.

— Je les ai faits avec ce que j'avais à la maison, je n'ai même pas pensé à te demander ce que tu aimes et ce que tu n'aimes pas. J'ai juste tout mis dedans.

— C'est génial !

Il était déjà à la moitié de son premier sandwich.

Elle prit un morceau, mordit dedans.

— J'aime bien les sandwichs. Chaud ou froid, ça n'a pas d'importance. Ils sont tous bons.

— C'est vrai.

Le temps qu'ils aient fini de manger, Rowan avait préparé du thé pour eux deux et dit :

— Nous pourrions emmener les chiots faire une promenade, si tu veux. Ils sont sortis deux fois aujourd'hui, mais ils auront besoin d'un autre moment pour aller faire leurs besoins.

— On peut faire ça. Où les emmènes-tu par ici ?

— Au coin de la rue, il y a une belle zone boisée. Nous pourrions les emmener là-bas.

Et ils sortirent, tenant les trois chiens avec les cordes. Les deux chiots ne supportaient toujours pas les laisses de fortune, ne comprenant pas que lorsqu'ils atteignaient le bout de la corde, ils devaient s'arrêter, donc les regarder était une source d'hilarité et de joie.

Ils entrèrent dans la zone boisée, en firent le tour et revinrent, et Brandi se risqua à poser cette question :

— Et la question du tireur ?

— Honnêtement, c'est l'une des raisons pour lesquelles je voulais aller dehors, répondit son comparse. Quelqu'un est assis sur le parking et nous observe depuis ton arrivée.

Elle le fixa, horrifiée.

— On est passé devant lui ?

Il secoua la tête.

— Non, nous sommes allés dans la direction opposée, mais en faisant le tour, je veux voir si ce type est toujours là.

— Et si c'est le cas ?

— Alors je vais avoir une petite discussion avec lui, dit Rowan, et son regard signifiait clairement que ce ne serait pas une partie de plaisir pour l'autre type.

APRES L'AVOIR LAISSEE en sécurité dans sa chambre de motel avec les chiots, il ressortit avec Hershey et se dirigea vers le véhicule garé à l'autre bout. Alors qu'il marchait droit sur le gars sur le siège du conducteur, ce dernier alluma le moteur du camion et tenta de faire marche arrière. Rowan avait déjà pris une photo de sa plaque d'immatriculation. Il s'approcha du type qui essayait toujours de faire demi-tour, et il frappa fort sur sa vitre.

Le type se retourna pour le regarder, et à ce moment, Rowan prit une photo de son visage. L'indignation se lut sur son expression. Il baissa sa vitre.

— Bon sang, mais c'était quoi, ça ?

— Quand des gens me suivent, dit tranquillement Rowan, je veux savoir qui ils sont.

— Va te faire voir ! s'exclama le type en changeant de vitesse dans la vieille Ford noire tout en sortant du parking.

Rowan envoya rapidement les deux photos à Badger, avec un court message disant ce qui s'était passé. Celui-ci le rappela quelques minutes plus tard.

— Une raison de soupçonner qu'il fait partie de ces événements liés ?

— Aucune raison de soupçonner qu'il ne l'est pas. Tu sais que quelque chose de louche se passe ici.

— Alors, était-il armé, cette fois ? l'interrogea Badger. Nous avons fait des recherches sur le policier dont tu as parlé. Je ne trouve aucun lien.

— D'accord. C'est bien. Et non, je n'ai pas vu d'arme.

— C'est presque comique. Si c'est le même gars qui fait tout cela, pourquoi est-il armé une fois et pas la suivante ? Pourquoi est-ce qu'il t'observe et te suit passivement à certains moments et tire des coups de feu à d'autres ? Et si tu ajoutes à cela le fait d'avoir poignardé la grand-mère, ce type est une énigme ambulante, déclara Badger, pensant tout haut, sans attendre de réponse. À moins qu'il ne s'agisse d'un simple amateur. Je n'arrive pas non plus à obtenir beaucoup d'informations sur l'avocat.

— D'accord. Je n'ai pas de nouvelles des flics, répondit Rowan. L'avocat a certainement été assassiné, mais nous devons retrouver une copie du testament de la grand-mère.

— Tu crois que c'est une histoire d'héritage ?

— Le tueur est venu chercher quelque chose au bureau de l'avocat. Je pense qu'il s'agit du testament de la grand-mère de Brandi. Donc, si nous pouvons en obtenir une copie, cela lui permettra d'aller à la banque voir ce qu'il y a dans ce coffre.

— Très bien, je vérifie les dossiers publics pour les dépôts et je devrais avoir une réponse pour toi sur le testament assez rapidement. Au fait, j'ai fait des vérifications sur Hershey, et sur les antécédents de Brandi. Tout est clean. Rien de suspect dans leur passé. Du moins, pas récemment pour Hershey.

Après avoir raccroché, Rowan remonta lentement jusqu'au motel. Il fit un détour vers le restaurant de hamburgers. Depuis le seuil de la porte, il demanda deux tasses de café à emporter. La femme le reconnut, puis elle vit le chien et lui cria :

— Il est le bienvenu à l'intérieur, s'il sait se tenir.

Rowan répondit :

— Il sait parfaitement bien se tenir.

Il fit un pas en avant et ses sens captèrent la vue et l'odeur des burgers.

— Je reviendrai demain pour manger des hamburgers.

— Nous livrons aussi.

Elle prit une pile de prospectus de l'autre côté du comptoir et lui en tendit une.

Il la consulta et sourit.

— Je suis au motel de l'autre côté de la route. C'est plutôt simple de traverser.

— Appelez pour passer commande. Nous la préparerons en quelques minutes. Vous pourrez passer la chercher.

Ses deux cafés à la main, Hershey à ses côtés, Rowan parvint à franchir la porte sans tout renverser. Dehors, il traversa la route et fit le trajet jusqu'au motel. De retour à la chambre, il frappa avec ses jointures, puis tapa doucement avec le pied.

— Hé, c'est moi, dit-il.

Elle ouvrit aussitôt la porte, vit le café, et gloussa.

— J'étais justement en train de me dire que ce serait sympa d'en boire un. Bon timing !

— J'étais dehors de toute façon. C'est le même endroit où nous sommes allés tout à l'heure, où nous avons eu les hamburgers d'hier soir. Apparemment, ils livrent et, si nous appelons avant, nous pourrons en manger d'autres demain.

— Est-ce qu'ils ont autre chose que des hamburgers ?

Il posa les tasses de café et repêcha le dépliant que la serveuse lui avait donné, le remettant à Brandi.

Elle le consulta.

— Des pâtes. Eh bien, nous pourrons dîner là-bas.

— Tu n'es pas fan des burgers ?

— J'adore manger un bon hamburger. C'est sympa, dit-elle, mais pas tous les jours.

— Tu n'es pas un vrai mec. Les mecs peuvent manger des burgers tous les jours.

À ces mots, elle éclata de rire.

— Et tu sais quoi ? Cela pourrait très bien être vrai. Tu as raison. Je ne suis pas un mec. J'aime manger un peu varié, et surtout j'apprécie de manger des légumes de temps en temps, répondit-elle d'un ton taquin.

— Il n'y a pas beaucoup de légumes dans les pâtes, répliqua-t-il.

— Alors c'est qu'ils ne savent pas les faire. On pourra toujours commander une salade en accompagnement.

— Bien sûr, approuva-t-il, du moment que tu la manges.

Il lui sourit et se dirigea vers le canapé avec son café. Il s'assit, prit un des chiots qui se mit immédiatement à le piétiner à lui mâchouiller le menton.

— J'ai oublié ce que c'était d'avoir des petits de cette taille, murmura-t-il, frottant et grattant doucement le cou du chiot. C'est assez spécial.

— J'ai déjà raté plusieurs semaines avec eux.

— C'est vrai, mais tu te rattrapes maintenant.

— J'espère juste que le troisième s'en sortira.

— Oui, trois chiots, c'est beaucoup à gérer, confirma-t-il en la dévisageant. Es-tu prête à assumer les dépenses et les responsabilités ?

— Absolument, mais en revanche, je ne suis pas prête à les recevoir dans mon appartement meublé. Je suis quasiment certaine qu'ils ne me laisseront pas avoir de chiens, et encore moins quatre.

— Ce qui nous ramène à la question précédente, *Que veux-tu faire de ta vie ?*

— Aucune idée. J'étais tellement occupée au travail aujourd'hui, que je n'ai pas eu l'occasion de penser à autre chose.

— Je comprends. Tu penses que ton travail est lié d'une manière ou d'une autre à cela ?

— Par *cela*, tu veux dire le meurtre de ma grand-mère, les pièces ?

— Oui.

— J'en doute, dit-elle en secouant la tête. Je travaille là-bas depuis que j'ai obtenu mon diplôme, ça fait au moins six ans maintenant, et cela n'a jamais été un problème.

— Tu n'as jamais parlé à personne de ton héritage, des pièces ou de quoi que ce soit concernant la maison ?

— Je ne savais pas pour les pièces de monnaie, si tant est qu'elles existent. Je n'en suis toujours pas convaincue. Et je ne vois pas ce qu'il pourrait y avoir à hériter.

— Il y a un compte en banque bien garni à ton nom, rappela-t-il.

— … dont je n'ai jamais rien su. Comme je l'ai dit, je préférerais avoir ma grand-mère à la place, dit-elle tristement.

Juste à ce moment-là, son téléphone sonna. Il le récupéra et répondit, en mettant le haut-parleur.

— Badger, quoi de neuf ?

— Je t'envoie une copie du testament, dit-il. Il a été modifié il y a trois mois.

— Est-ce que nous savons quels ont été les changements ?

— Des bénéficiaires avaient été mis en place dans le document original, qui étaient apparemment décédés, alors ils ont été retirés, et maintenant Brandi reçoit tout.

— Donc en dehors de l'homologation…

— Exactement, dit-il. Une fois la paperasse terminée, elle aura accès à tout. Elle est aussi l'exécutrice testamentaire de la succession.

— Je ne pense pas qu'elle l'ait compris, dit-il en la regardant.

Elle haussa les épaules.

— L'avocat devait être au courant, mais pas moi.

Badger ajouta :

— Tu peux donc apporter une copie de ce document à la banque et voir ce qu'il y a sur les autres comptes et dans le coffre-fort.

— Pourrait-on obtenir une copie de l'ancien testament, pour voir ce qui a été retiré ? s'enquit Rowan. Peut-être que le mobile est là-dedans.

— La note que j'ai ici dit que tout le monde est décédé.

— Mais c'est facile de dire ça, alors que ce n'est pas forcément le cas, dit-il.

— Nous allons revérifier, et creuser pour voir si nous trouvons un arbre généalogique connexe.

— Trouve une copie pour nous, si tu peux.

— Je le ferai.

Quand Rowan raccrocha, elle lui sourit et hocha la tête.

— C'est bien le genre de Grand-mère de tout me laisser. Mais c'était quoi, cette histoire d'arbres généalogiques connexes ?

— Nous allons nous procurer une copie de l'ancien testament, juste pour vérifier si les personnes qu'elle a supprimées avaient des attentes et ont découvert qu'elles ne recevaient rien. Qu'il s'agisse d'un bénéficiaire vivant ou peut-être d'un parent des bénéficiaires décédés.

— C'est tellement triste de penser que les gens préfèrent

l'argent à la vie d'une personne !

Il rajouta :

— Les gens sont avides.

— Je ne sais même pas si c'est de la cupidité. Parfois, je pense que c'est la peur, la peur de ne pas avoir assez, la peur du lendemain et un énorme manque de respect pour tout ce qui s'est passé hier.

Il la toisa avec curiosité.

— Très peu de gens dans ce pays honorent ou respectent nos aînés. Je vois cela souvent. Ma grand-mère était quelqu'un de spécial pour moi, alors j'ai toujours voulu m'assurer qu'elle le savait et qu'on s'occupait d'elle.

— On dirait que c'était une femme très spéciale et, avec un peu de chance, elle savait ce que tu ressentais, dit Rowan avec un sourire.

Elle le regarda et dit :

— Peux-tu me faire parvenir le testament, s'il te plaît ?

— Déjà fait.

Surprise, elle sortit son téléphone et y jeta un œil. Ses notifications étaient désactivées.

— J'ai tendance à éteindre mon téléphone au travail, puis j'oublie de le rallumer.

— Je comprends. Je le ferais aussi. Pour de bonnes raisons. C'est un petit écran, alors pourquoi ne pas attendre d'être rentrée chez toi ?

— Je regarde juste les bénéficiaires. J'hérite de tout.

— Cela te surprend-il ?

— Pas vraiment. Il n'y avait que nous deux.

— Je veux quand même voir le testament précédent qui énumérait d'autres noms, dit-il. Apparemment, les bénéficiaires précédents sont décédés, donc ils ont juste rédigé un testament plus propre.

Elle feuilleta le document, difficile à lire sur le téléphone.

— C'est illisible, ça me rend dingue.

Puis elle s'arrêta, le regarda et proposa :

— Tu veux qu'on se retrouve à la banque demain après le travail ?

Il répondit lentement :

— Oui, je veux bien. Tu reviens ici pour dîner demain après ta journée de travail ?

— Absolument, tant que je peux commander autre chose qu'un hamburger.

— Tu peux récupérer ton dîner et le ramener à la maison, dit-il en se moquant d'elle.

Elle sourit à ses mots, car « maison » sonnait bien plus juste en parlant d'ici que de chez elle où elle serait seule.

Il y avait quelque chose chez cet homme qui lui donnait un sentiment de permanence et d'avenir. Elle avait menti en disant qu'elle n'avait pas eu le temps de réfléchir à ce qu'elle allait faire ensuite. Rien que l'idée de retourner dans l'appartement vide la remplissait de tristesse. Elle savait aussi qu'elle ne pouvait pas emmener les chiots avec elle. Ils étaient bien mieux avec Hershey et Rowan.

Elle se dirigea vers le chien, s'accroupit devant lui, et tendit doucement la main.

— Merci de t'être occupée des chiots et de Lacey, murmura-t-elle.

Presque aussitôt, les deux petits débarquèrent à côté d'elle.

Elle gloussa, en prit un, lui fit un câlin, puis prit le second. Quand elle eut terminé, elle se pencha et frotta doucement la tête de Hershey, lui gratta le cou et se releva.

— Je dois y aller, dit-elle. Je n'en ai pas envie, mais il le faut.

Rowan se leva et la raccompagna jusqu'à la porte.

— Sois prudente sur la route.

Elle s'arrêta et le regarda en fronçant les sourcils.

— Ça fait plusieurs fois que tu me parles de prudence. Je suis vraiment en danger ?

— Je n'en suis pas sûr. Tout ce que je peux te dire, c'est ce que nous savons déjà. Ta grand-mère a été assassinée. Ton avocat a été tué aussi, et quelqu'un se trouvait dans le parking et nous observait plus tôt, sans parler des coups de feu dans la forêt.

— Sur nous deux ou sur toi ?

— Sur toi, dit-il doucement.

Une peur glacée parcourut sa colonne vertébrale ; elle croisa les bras et lui demanda :

— Qu'est-ce qu'on est censés faire ?

— Tu pourrais passer la nuit ici. Je vais dormir sur le canapé. Tu peux prendre le lit.

— Mais tu ne vas pas rester ici pour toujours, dit-elle doucement. Je ne peux pas me cacher derrière toi éternellement.

— Mais tu pourrais te cacher derrière moi pendant un petit moment, dit-il. Si nous pouvions amener les chiens à ton appartement, ce serait bien. Nous pourrions tous y emménager, et je veillerais à ce que tu sois en sécurité, du moins pendant le temps que tu es là. On peut supposer que cette personne sait où tu travailles et qu'elle t'a suivie jusqu'à ce motel ou qu'elle a trouvé l'endroit où je logeais.

— C'est assez flippant de se dire que quelqu'un en a suffisamment après moi pour me traquer, découvrir que j'habite là juste pour garder un œil sur nous. Tu crois qu'il est dehors ?

— Je ne crois pas, répondit-il d'un ton doux, mais je vais

quand même t'accompagner à ton véhicule.

Elle frissonna légèrement lorsqu'ils sortirent ensemble avec Hershey à ses côtés, laissant les deux chiots seuls dans la chambre du motel. Dès que la porte se referma, ils se mirent à hurler.

Rowan la raccompagna jusqu'à son véhicule en secouant la tête.

— La direction pourrait nous mettre dehors bientôt, si les chiots continuent comme ça.

Brandi resta debout à côté de sa voiture un long moment.

— Eh bien, je vais rentrer à la maison, et je verrai comment c'est.

— Mon offre tient toujours, tant que je serai là.

Elle lui lança un sourire éclatant.

— Tu es du genre protecteur, hein ?

— Je suis juste quelqu'un qui n'aime pas voir une autre personne effrayée, intimidée ou pourchassée.

Elle écarquilla les yeux au mot *pourchassée.*

— Je n'aime pas ce que tu dis, dit-elle.

Mais elle était bien déterminée à retourner à son appartement. Il fallait qu'elle retourne au travail le lendemain matin. Elle monta à bord, mit le moteur en marche et lui fit un signe de la main.

Il se pencha et lui dit :

— Donne-moi ton adresse, pour que je sache où tu es.

Il le nota dans sa fiche contact sur son téléphone. Puis il leva les yeux sur elle.

— Et n'oublie pas. Si tu arrives là-bas et que tu ne t'y sens pas bien, appelle-moi.

— C'est promis.

CHAPITRE 11

CES MOTS TOURNAIENT en boucle dans sa tête tandis que Brandi repartait chez elle. Son appartement n'était pas très loin, mais assez pour qu'elle se sente complètement séparée de Rowan.

Dès qu'elle quitta le parking, l'inquiétude s'installa. Plus elle se rapprochait de chez elle, plus elle devenait profonde. Alors qu'elle se garait puis marchait dans le couloir vers son appartement, son sang se glaça à cette idée. Elle n'était qu'à quelques pas de sa porte d'entrée quand elle remarqua quelque chose, qu'elle avait déjà vu dans le bureau de l'avocat. Elle se rapprocha donc sur la pointe des pieds, pour ne pas faire de bruit. La porte n'était pas verrouillée. Son cœur se figea, et elle recula instinctivement, tout le long du couloir jusqu'aux escaliers, puis se précipita vers sa voiture. Dehors, elle sauta dans son véhicule et quitta le parking.

Ses mains tremblaient fort et elle avait le souffle coupé. Elle aurait dû appeler Rowan, mais elle ne pouvait pas parler et conduire en même temps. Elle n'était pas très loin de son motel, et, très vite, elle se retrouva assise sur le parking. Elle prit son sac à main et fonça dans les escaliers. Quand elle frappa, il ouvrit immédiatement, l'air inquiet.

— Que se passe-t-il ?

Elle voulut parler, mais elle claquait des dents, et ne put que donner une explication étranglée. Il passa les bras autour d'elle et la serra contre lui. Il la fit avancer dans la chambre et referma la porte. Il la tint dans ses bras pendant un long moment, frottant son dos et ses épaules, et elle entendit ses mots doux à travers le vacarme de ses dents qui claquaient.

— Doucement, vas-y doucement.

Finalement, sa mâchoire s'apaisa et elle cessa de trembler. Elle lui saisit les bras et recula assez pour le regarder dans les yeux et lui dire :

— La porte de mon appartement était ouverte. Pas de grand-chose. Pas assez pour que cela soit remarqué, tu sais ? On ne pouvait pas vraiment voir qu'elle était ouverte. Pourtant, je savais qu'elle n'était pas verrouillée.

Il laissa échapper une lente et profonde respiration. Il la dévisagea et lui demanda :

— Quelqu'un t'a vue ? As-tu vu quelqu'un ?

Elle secoua la tête.

— Je me sentais mal à mesure que je m'éloignais d'ici. Quand j'étais sur le parking, je me suis demandé si je pouvais faire demi-tour, mais je n'avais aucune raison de le faire. C'était simplement une mauvaise intuition. Je suis montée dans mon appartement, j'ai traversé le couloir et, à chaque pas que je faisais, mon instinct me disait de faire demi-tour et de partir. Quand j'ai vu que la porte était en fait déverrouillée, je ne me suis même pas retournée. J'ai reculé jusqu'aux escaliers, puis j'ai détalé.

Rowan dit :

— La dernière chose qu'il nous faut, c'est que tu entres là-dedans et que tu surprennes quelqu'un en pleine action.

— En train de faire quoi ?

— Je ne sais pas, mais je suis vraiment ravi que tu n'aies pas traîné dans le coin pour le découvrir.

Elle enfouit le visage contre son torse, haletant toujours

profondément.

— Mais pourquoi ? demanda-t-elle. Que se passe-t-il ? Je dois quand même aller travailler demain. Je n'ai pas mes vêtements. Je n'ai rien !

— Nous pouvons tous les deux courir t'en acheter au centre commercial. Ou je peux y retourner avec toi, et nous allons vérifier l'appartement.

— Je suppose qu'il faut qu'on fasse quelque chose, appeler la police, ou aller jeter un coup d'œil.

— En fait, nous allons changer ce plan. Tu vas rester ici et t'occuper des chiots.

Elle le regarda avec surprise, puis remarqua que les chiots avaient attrapé des journaux et les avaient déchiquetés dans toute la pièce.

— Tu me parles de *m'occuper des chiots* pour qu'ils ne mangent pas les meubles ici, c'est ça l'idée ?

— Ou mes bottes, tous mes vêtements, ma veste entière, dit-il avec une pointe d'humour. C'est ton tour de jouer les baby-sitters.

Elle gloussa, et c'était une sensation si étrange comparée au choc et à la peur qu'elle venait de subir qu'elle se mit à rire plus fort. Finalement, quand elle se calma, elle essuya les larmes au coin de ses yeux et lui dit :

— Bon sang, j'en avais bien besoin.

— Je suis heureux que tu aies apprécié.

Son timbre devint un peu sinistre tandis qu'il examinait les deux paquets d'énergie à fourrure sur le sol.

— Je vais retourner à ton appartement avec Hershey, et nous allons vérifier, puis nous te ramènerons des vêtements ici.

— J'apprécierais vraiment, lui dit-elle avec un sourire. J'ai une valise dans mon placard, et honnêtement, il ne me reste pas grand-chose, car tout a brûlé dans l'incendie de la maison.

— Je vais tout prendre. Je t'appellerai certainement quand je serai là-bas pour te dire ce que je trouve.

Elle prit une nouvelle inspiration.

— Je ne sais pas ce que j'aurais fait si tu n'étais pas là.

— J'aime aider quand je le peux. De plus, étant donné que tu n'as pas vraiment envie d'aller chez toi, et que tu ne devrais pas le faire de toute manière, pas tant qu'on n'est pas sûrs de ce à quoi l'on a affaire, c'est bien mieux si j'y vais. Je serai là-bas dans environ dix minutes.

Il siffla Hershey qui se dressa immédiatement sur ses pattes et vint à côté de lui.

— Je ne serai pas long. Je te le promets.

— Et si tu trouves quelqu'un là-bas ?

— Eh bien, dans le pire des cas, nous aurons une petite échauffourée, qu'il perdra parce que j'ai aussi Hershey. Ensuite, nous appellerons la police.

Il se dirigea vers la porte.

Elle cria :

— Attends !

Il se retourna pour la regarder, et elle courut vers la porte, se jeta dans ses bras et le serra fort. Quand elle le relâcha, elle lui murmura :

— Merci.

— Pas de problème, dit-il en la ramenant contre lui pour l'étreindre à son tour. Maintenant, occupe-toi de ces chiots.

Elle gloussa pendant qu'il partait, les observant jusqu'à ce qu'il monte dans son véhicule et quitte le parking. Puis elle verrouilla la porte et se retourna et récupéra un chiot qui était déjà en train de faire ses besoins sur le tapis.

— Oh, que non ! dit-elle, et elle empila rapidement des

journaux sur le sol à côté pour qu'il se soulage dessus.

Pendant qu'elle frottait le tapis, elle fronça les sourcils, car, à peine s'était-elle retournée, que le deuxième chiot s'y mettait aussi.

— Nous aurions dû vous emmener tous les deux dehors, songea-t-elle tout haut. Cependant, étant donné le délai imparti, cela fonctionnera aussi.

Pendant qu'elle nettoyait tout, son esprit était distrait par ce que Rowan pourrait trouver chez elle. Elle prit les chiots et s'assit sur le canapé. Après leurs pitreries, ils étaient fatigués. Elle aussi l'était. Brandi se blottit dans un coin, ferma les yeux, sentant la tension s'enrouler en elle alors qu'elle attendait que Rowan appelle… attendait en vain.

ROWAN ENTRA DANS sa résidence, descendit de voiture, entra dans l'immeuble, monta au deuxième étage avec Hershey à ses côtés, puis traversa le couloir jusqu'à sa porte. Il la scruta en arrivant, car Brandi avait raison. Vu d'où il était, on aurait dit qu'elle était fermée, mais en s'approchant, on remarquait qu'elle n'était pas tout à fait verrouillée. Il posa sa botte contre la porte, baissa les yeux sur Hershey et lui ordonna :

— Garde !

Immédiatement, les oreilles du chien se dressèrent et il se mit au garde-à-vous. Aucun des deux ne savait ce qu'il y aurait de l'autre côté de cette porte, mais ils avaient conscience que ça pouvait devenir moche. Ils s'étaient déjà retrouvés dans une situation similaire auparavant. Tout doucement, Rowan poussa la porte. Aucun son ne venait de l'intérieur. Il tendit l'oreille et présuma que celui qui était ici était parti, mais il n'en avait pas la preuve. Il ne voulait pas partir du principe qu'il avait raison. La porte étant grande ouverte, il examina le désordre qui se trouvait devant eux. Cette entrée et ce qu'il présumait être une cuisine et une chambre à coucher se trouvaient sur la gauche, et devant lui se situait un salon.

Son canapé avait été retourné, comme si quelqu'un avait cherché quelque chose. Lentement, avec le chien sur ses talons, Rowan entra. Il se posta à l'entrée du salon et filma tout ce qu'il pouvait voir ; puis il passa à la cuisine. Il ne vit personne et se dirigea vers la chambre principale. Il s'arrêta sur le seuil de la porte et enregistra une autre vidéo, puis se dirigea vers la salle de bains, où il composa rapidement le numéro de l'inspecteur auquel il avait parlé plus tôt.

— Quelqu'un s'est introduit dans l'appartement de Brandi et a tout retourné. Je vous envoie les vidéos de ce que j'ai sous les yeux.

— Vous pourriez aussi laisser la police entrer en premier, répondit le policier d'un ton monocorde.

— J'aurais pu faire ça. Mais le temps que vous arriviez ici et que vous en ayez quelque chose à foutre, des heures se seraient écoulées.

— Nous sommes un peu occupés, se justifia l'inspecteur. Ce n'est pas comme si son cas était plus important que les autres.

— Si vous faisiez le lien entre ses affaires et votre flic à l'hosto, vous nous mettriez en haut de votre liste. Le fait est que ce type est de plus en plus actif. Je vais récupérer un tas de vêtements pour elle pendant que je suis là, car elle ne peut plus dormir ici.

— Attendez ! Je viens aussi avec une équipe.

— Vous n'arriverez pas assez tôt pour nous. Il faut

quand même qu'elle aille travailler demain.

— Je serai là pour m'assurer que vous n'emportiez rien d'important.

Rowan compta jusqu'à dix dans sa tête puis rétorqua :

— J'espère pour vous que vous êtes déjà en voiture, et en route.

— J'y suis. Nous savons faire notre boulot.

— Bien. Mais il n'y a rien ici. Pas de message, rien qu'un acharnement pour tout détruire.

— Vous pensez qu'ils cherchaient quoi ?

— Soit le testament, soit potentiellement cette collection de pièces dont elle ne sait rien.

— À quel point la connaissez-vous ? demanda l'inspecteur.

— Pas bien. Ou du moins, pas depuis longtemps, mais je suis un assez bon juge de caractère.

— C'est ce que disaient tous les hommes qui avaient épousé une veuve noire, dit-il d'un ton sec.

— Vous marquez un point, répondit Rowan, mais sur ce coup, je serais prêt à parier ma vie.

— Vous l'avez probablement déjà fait, argua l'inspecteur. Si quelqu'un tire sur elle, vous savez que vous êtes aussi dans la ligne de mire, n'est-ce pas ?

— Je sais. Vous êtes déjà arrivé ?

— Je me gare sur le parking de l'appartement.

— J'ai le chien avec moi.

— Est-ce bien prudent ?

— Si nous étions entrés et qu'il y avait encore eu quelqu'un, j'aurais voulu que le chien soit avec moi.

— Vous marquez un point. Cependant, le chien peut aussi causer des problèmes.

— Pas pour quelqu'un qui n'en cherche pas.

Il attendit dans le salon que l'inspecteur monte les escaliers et traverse le couloir. Il entendit les pas qui se rapprochaient de lui et resserra sa prise sur la laisse de Hershey, qui retroussa immédiatement les babines et fixa la porte avec un grognement.

Quand l'inspecteur apparut dans l'embrasure de la porte, il hésita, puis fit un pas dans le salon, et le chien continua de gronder. Le policier s'arrêta, jeta un regard noir à l'animal et demanda :

— Est-ce qu'il va poser problème ?

— Non, dit Rowan, et il calma aussitôt le chien et lui précisa, c'est un ami.

Hershey n'avait pas l'air de croire Rowan. Le chien de guerre adopta tout de même une posture moins agressive. Rowan désigna le salon d'un geste :

— Comme vous pouvez le constater, c'est le bazar.

— Exact. Manifestement, quelqu'un cherchait quelque chose.

— Nous aurons peut-être de la chance avec les caméras à l'intérieur et à l'extérieur de ce bâtiment. Je soupçonne que celui qui a fait ça a pris soin de porter des gants.

— Nous vérifierons quand même. Que vouliez-vous prendre ici ?

— Ses vêtements. Elle n'a pas grand-chose de toute façon à cause de l'incendie qui a emporté sa maison. C'est un appartement meublé et elle le loue à la semaine.

— C'est malin, je suppose.

— Je ne sais pas si c'est malin, mais c'était une option, et elle l'a choisie parce qu'il lui fallait un endroit où vivre.

L'inspecteur regarda Rowan fouiller dans les tiroirs et tout mettre dans une valise. Il la fouilla soigneusement, s'assurant que rien d'autre n'était emballé, en dehors des culottes, soutiens-gorge et chaussettes et de son ordinateur portable. Le temps que Rowan arrive aux t-shirts et aux jeans dans les tiroirs du bas, la valise était à moitié pleine. Il se dirigea vers l'armoire et attrapa quelques pulls, robes et paires de chaussures. Une fois tout emballé, il se dirigea vers la salle de bains et dit :

— Elle n'avait pas grand-chose ici non plus.

L'inspecteur observa le moindre mouvement de Rowan, qui récupérait le shampoing, la brosse à dents électrique, du dentifrice et une trousse à maquillage. Il vérifia tous les tiroirs de la salle de bains et trouva une autre petite trousse à maquillage. Il les plaça dans la valise. Il fouilla les deux tables de nuit, trouvant un livre, et un petit étui qu'il ouvrit et qui contenait des pilules contraceptives. Il referma la boîte et la plaça aussi dans la valise. Il se mit ensuite à genoux pour vérifier sous le lit. Quand il se releva, l'inspecteur le regardait, sourcil relevé. Rowan déclara :

— Il n'y a rien.

Il entra ensuite dans la cuisine.

— Je ne sais même pas quoi faire de ces trucs. L'appartement était entièrement meublé, mais la nourriture est à elle.

En ouvrant tous les placards, Rowan trouva une cafetière, mais pas de café. Il y avait une brique de lait entamée dans le frigo. Il vida le contenu dans l'évier et jeta le contenant dans la poubelle. Il y avait quelques œufs. Un petit morceau de lard à la couleur verdâtre et à l'étrange odeur, qu'il jeta.

— Il va falloir que je lui parle nourriture décente.

— J'imagine qu'elle n'a pas mangé grand-chose, et pas régulièrement, ces dernières semaines.

Rowan dénicha du pain, du beurre de cacahuètes et

d'autres choses du même genre. Il balaya l'endroit du regard et demanda à l'inspecteur :

— Vous pourriez trouver un carton pour ces trucs ?

Il prit ensuite son téléphone pour appeler Brandi.

— Les ustensiles de cuisine sont à toi ?

— Non. Rien que la nourriture dans le placard et le réfrigérateur.

— Avec ce qu'il y a à manger ici, on n'arriverait pas à nourrir une souris. J'ai aussi pris la plupart de mes repas à emporter, mais je préférerais acheter des produits d'épicerie et me remettre à cuisiner. Tu devrais aussi.

— Prendre de bonnes résolutions ? Oui, enfin, ça n'a plus d'importance.

— Eh bien, j'apporte ce qu'il y a ici, mais il n'y a pas grand-chose.

— Le bacon est trop vieux pour que tu le ramènes. Il doit y avoir un peu de jambon et de fromage dans l'un des tiroirs du frigo. Je ne suis pas sûre des œufs par contre.

— On peut toujours les faire cuire en utilisant la bouilloire, dit-il. Alors autant les amener, ainsi que le pain et le beurre de cacahuète. Tu as de la confiture, du miel et du thé quelque part ?

— C'est à peu près tout. Les dernières semaines ont été brutales, tu t'en souviens ?

— Il y a une valise, et un carton qui arrive. Je vais bientôt partir d'ici.

L'arrivant dans l'appartement raccrocha.

L'inspecteur l'aida à tout porter jusqu'à la voiture, et l'informa :

— Nous allons faire venir la scientifique, maintenant.

Rowan annonça :

— Vous pouvez récupérer mes empreintes digitales dans

la base de données militaire, pour les comparer.

— À quel corps apparteniez-vous ?

— J'étais un Marine, dit-il d'un ton dur. Hershey était mon partenaire K9 quand je suis passé des Marines au groupe des maîtres-chiens. J'ai été avec lui pendant un an, jusqu'à ce qu'une mission tourne mal et me mette sur la touche avec de grosses blessures. Hershey a été déplacé. Il a vécu une existence plutôt difficile depuis.

— Eh bien, on dirait que vous vous êtes bien retrouvés, tous les deux, dit le policier. Le premier avertissement qu'il m'a donné montre que c'est peut-être une bonne chose.

— J'espère que les choses vont se tasser. C'est difficile de remettre les pieds sur Terre.

— C'est probablement pour ça que vous avez trouvé Brandi aussi, parce qu'elle doit aussi faire ça.

— Qu'en est-il de l'indemnisation des victimes de cet incendie ? Savez-vous où ça en est, ou bien où je pourrais obtenir plus d'informations ?

— Je peux vous envoyer ça par mail. J'ai entendu dire qu'il y aurait un programme de compensation, mais qu'il serait évalué au cas par cas.

— C'est logique. J'espère qu'elle s'en tirera avec assez d'argent pour se reconstruire.

— Toutes les propriétés de cette zone sont plutôt haut de gamme. Je ne sais pas comment ils vont s'y prendre, mais je suis sûr qu'il y aura quelque chose pour les aider.

— Ce serait bien, dit l'ami de la victime en grimpant dans son véhicule. N'oubliez pas de me prévenir si vous découvrez quelque chose ici.

— Oui, dit-il. Et si vous découvrez quelque chose au sujet du testament, dites-le-nous aussi.

— J'ai une copie, la version la plus récente.

Il s'arrêta pour prendre son téléphone et envoyer le document au professionnel.

— Il a été modifié il y a quelques mois, en lui laissant tout.

— Le même homme, le même avocat, a rédigé les deux testaments ?

Rowan opina de la tête.

— Il semble que oui. Il n'était pas très différent du premier. Le testament précédent avait deux autres bénéficiaires, non… trois autres, je crois. Deux d'entre eux étaient décédés, alors c'était un nettoyage du testament.

— Et le troisième ?

— Je ne sais pas encore. On ne peut pas vraiment poser la question à l'avocat.

— A-t-elle vérifié les autres comptes bancaires, le coffre-fort ?

— Non, nous irons ensemble demain après le travail.

— Pourquoi ne se fait-elle pas porter pâle ? Elle devrait rester à la maison, demain. Je vous retrouve à la banque à neuf heures.

Rowan accepta.

— C'est probablement une bonne idée. On se rejoint demain matin à neuf heures.

Il savait que la jeune femme lui opposerait des objections, mais il ne s'attendait pas à un scandale.

— Pourquoi dois-je rester à la maison ? demanda-t-elle. Il se passe tellement de choses dans ma vie que mon travail est ma stabilité.

— Pour l'instant, il faut qu'on s'occupe de plusieurs autres sujets, notamment du fait que l'inspecteur te suspecte d'être derrière tout ça.

Choquée, elle se laissa tomber dans son canapé.

— Pourquoi ? gémit-elle.

— Je pense surtout que c'est parce que tu es l'unique bénéficiaire du testament qui vient d'être modifié, dit-il d'un ton direct. En général, ça fait tiquer les gens. Sans parler du fait que tu as survécu à cet incendie et que ce n'est le cas de personne d'autre.

— Ma grand-mère a été assassinée avant l'incendie. Je n'étais pas en ville, ç'a été vérifié ! dit-elle avec une pointe de colère dans la voix.

— Je comprends, et je suis ravi de l'entendre, parce que ça va beaucoup aider. Mais l'inspecteur veut savoir ce que contient le coffre-fort.

— J'irai au travail, mais plus tard.

— Ça me convient. Nous avons donc une valise, et un carton rempli de quelques bricoles et de nourriture. Ça ne suffira pas pour le dîner de demain.

— Après la banque, après le travail, je pourrais aller le chercher, on peut commander à l'avance.

— D'accord, fais ça. Et ajoute quelques steaks de plus pour Hershey.

— Nous n'avons pas de nourriture pour chien ?

— Je me suis arrêté et j'ai pris un sac adapté aux chiots, en plus de leur acheter un collier et une laisse, pendant que tu étais à la banque, soutint Rowan, mais Hershey aurait bien besoin d'un peu de viande. Elle leva les yeux au ciel, et il sourit.

— J'aime prendre soin de mes animaux.

B. jeta un coup d'œil aux chiots.

— Je n'ai absolument aucune idée de ce dont ils ont besoin.

— La nourriture pour chiots leur convient parfaitement. Crois-moi, la dernière chose dont tu as envie, c'est de leur apprendre à réclamer du bœuf aussi.

— Donc il y a une règle pour Hershey, et une autre pour les bébés ?

— Seulement quand ils sont bébés. Ensuite ils commencent le dressage, pour que tu aies des chiens bien élevés.

— C'est toi qui le dis§.

La jeune femme n'argumenta pas davantage sur ce point.

— Et si on allait tous faire une promenade ?

— Pourquoi pas ? Tu as l'air d'avoir envie de sortir à nouveau.

— Parfait.

Le temps que tout le monde soit attaché et dehors, et que les chiots aient la possibilité de courir et de faire leurs besoins, ils les ramenèrent vers sa chambre au motel.

— Est-ce que quelqu'un ici au motel t'a dit quelque chose à propos du bruit fait par les chiots ?

Rowan secoua la tête.

— Pas encore. Cela pourrait arriver. Je ne vais pas chercher les ennuis avant qu'ils n'arrivent.

— Apparemment, nous avons déjà notre lot de problèmes. Ça me met en rogne de savoir que quelqu'un a saccagé mon appartement.

— Quelqu'un savait que c'était chez toi.

Cela la fit taire. Elle se risqua à une question hasardeuse :

— Est-ce que ça veut dire qu'ils me suivent ?

— Nous le savions déjà. Cette fois, ils ont agi en conséquence.

Ils arrivèrent au motel, nourrirent les chiots et Hershey, qui était très bien élevé, pendant que les humains s'asseyaient et prenaient le thé. Une fois qu'ils eurent terminé, Rowan demanda à Brandi :

— Tu es d'accord pour dormir dans la chambre ?

— Je préfère dormir sur le canapé. Je ne veux pas te mettre dehors pour la nuit.

Il se contenta de la fixer.

Elle leva les deux mains.

— Tu sais quoi ? Jouer à l'honorable protecteur tout le temps doit être épuisant.

— Pas vraiment. Dans un lit ou sur le canapé, dans les deux cas, je ne dormirai pas. C'est vraiment la meilleure option pour toi.

Elle apporta sa valise dans la chambre, l'ouvrit, et le gratifia de remerciements.

— Merci d'avoir apporté tout ce que tu pouvais trouver.

— Je suis désolé que ce soit un peu le boxon. Si tu peux passer le contenu en revue et voir si j'ai oublié quelque chose…

— Je n'y ai même pas pensé, dit-elle en regardant tout. Je crois que tu as laissé mon peignoir et ma nuisette, accrochés à l'arrière de la porte de la salle de bains.

— Désolé, dit-il avec un clin d'œil. Je n'avais pas vu.

— Tout le reste semble là. Ils n'étaient donc pas là pour mes affaires ?

— Rien qu'ils aient trouvé. Jette un autre coup d'œil, au cas où tu te rendrais compte qu'il manque quelque chose.

— Je ne pense pas, mais je vais continuer à y réfléchir.

— Pas de bijoux, pas de passeport, rien de tout ça ?

— Tout est dans mon sac à main. Et je n'ai aucun bijou en dehors des boucles d'oreilles que je porte. J'avais un tas de beaux bijoux, mais tout a disparu dans l'incendie.

— Je suis désolé.

— Des souvenirs de ma grand-mère et de ma mère. Ils sont irremplaçables, mais ils ne valaient pas grand-chose, ils n'avaient pas vraiment de valeur monétaire.

— Tu ne m'as pas l'air tant influencée par l'argent que par les souvenirs.

— Tout le reste peut être remplacé. Et évidemment, perdre ma grand-mère par-dessus le marché a rendu tout ça plus difficile encore.

— Et encore une fois, je suis désolé.

Elle lui accorda un sourire.

— Est-ce que ça t'ennuie si je prends une douche avant d'aller au lit ?

— Absolument pas.

Il ordonna à Hershey de sortir de la pièce, et elle voulut savoir :

— Et les chiots ? Tant qu'ils ne sont pas familiarisés avec la propreté, je ne pense pas que ce soit une bonne idée qu'ils partagent le lit.

— Je crois qu'ils iront se mettre sur le canapé tout seuls.

Il rit alors que les deux petits le suivaient avec leur allure pataude.

— Rappelle-toi. Tu dois leur trouver des noms.

— Je le ferai, promit-elle alors qu'il refermait la porte entre eux.

CHAPITRE 12

BRANDI DORMIT SUR le lit, les larmes qu'elle avait retenues manquant de déborder de ses yeux. Depuis qu'elle avait constaté que son appartement n'était pas verrouillé, elle s'était aperçue à quel point sa vie était hors de contrôle. Que Rowan lui ait apporté des vêtements et d'autres choses était important, mais cela montrait aussi à quel point sa vie était différente de ce qu'elle était du vivant de sa grand-mère. La maison qu'elles avaient partagée était pleine de souvenirs et de bonheur. Les meubles étaient vieux et usés, mais confortables. Elle savait exactement comment s'asseoir sur le canapé, car il épousait parfaitement ses fesses. À présent, tout lui semblait dur et bon marché.

Elle fit rapidement le tri dans la valise et laissa tous les vêtements qui s'y trouvaient, mais en sortit un grand t-shirt oversize qui lui servait parfois pour dormir. Munie de sous-vêtements propres, elle se dirigea vers la salle de bains, où elle prit une longue douche chaude et se frictionna les cheveux. Elle se sécha, se brossa les dents, et s'habilla. Elle retourna dans la chambre où elle se glissa sous les couvertures. Elle ne savait pas si elle pourrait dormir ce soir ou non, mais elle devait essayer. C'était tout simplement trop de stress pour elle. La mort de sa grand-mère ne lui laissait pas le choix et, même si elle finissait par vivre quelque part, la perte de la seule maison dont elle se souvenait ne pourrait jamais être compensée.

Pourtant, il fallait aussi faire face à ce dernier événement. Elle ne perdrait pas le sommeil à cause de la perte de cet appartement. Dans un coin de sa tête, c'était un lieu d'hébergement temporaire, mais ce motel ? C'était encore plus temporaire. En plus, ce n'était même pas chez elle. Secouant la tête avec détermination, elle ferma les yeux et essaya de s'endormir. Elle entendait les murmures de Rowan lorsqu'il parlait aux chiots et au chien. Elle crut l'entendre passer plusieurs coups de téléphone. Bien sûr, il essayait de comprendre ce qui se passait dans sa vie et où elle devait vivre. Elle y réfléchit longuement pendant la nuit et, en se réveillant le lendemain matin, elle n'en avait tiré aucune conclusion.

Quand ils arrivèrent à la banque, il fit remarquer.

— Tu as l'air fatiguée et silencieuse.

— C'est juste que je ne sais pas ce que je suis censée faire.

— Nous allons d'abord jeter un coup d'œil aux comptes bancaires et au coffre-fort.

— Et ensuite quoi ? Je sais déjà qu'il y a de l'argent, et j'ai moi-même de l'argent de côté.

— Il est peut-être temps de parler à ton patron pour voir s'il y a une possibilité de transfert, à moins que tu ne veuilles rester ici. Dans ce cas, il sera temps pour toi de trouver ta prochaine maison.

— Tout en moi se rebelle à l'idée de rester ici. Une partie de moi veut partir aussi longtemps et aussi loin que possible, pour que je n'aie plus à m'occuper de ça.

— Il faut quand même que tu t'en occupes, puis il tendit la main et entremêla leurs doigts, rapprochant Brandi. Certaines choses sont plus faciles à affronter quand on n'est pas seul.

Alors qu'ils entraient dans la banque, la guichetière les appela et les mena au bureau du directeur. L'inspecteur était déjà assis. Il se leva, serra la main de Brandi et lui dit :

— Finissons-en.

— Je ne sais pas exactement ce qu'il faut faire.

Elle remit au directeur de la banque une copie du testament qu'elle avait faite dans un magasin de fournitures de bureau du coin.

— Je crois comprendre que vous êtes aussi l'exécutrice testamentaire.

— C'est sur la deuxième page, détailla Rowan.

Il parcourut le document et tourna la page.

— Très bien, voyons les deux autres comptes bancaires.

Il cliqua sur son ordinateur, afficha les comptes et nota les soldes. Quand elle entendit les sommes, elle le regarda, choquée.

— Vous n'étiez pas au courant que votre grand-mère avait de l'argent ?

Elle secoua la tête.

— Comment est-ce possible ? Les meubles étaient confortables, mais cassés et tous vieux de vingt ans. Elle avait besoin d'un nouveau matelas, et elle a refusé d'en acheter un, elle disait que ça allait.

— Beaucoup de personnes de sa génération sont comme ça, rassura le directeur de la banque. Quoi qu'il en soit, vous avez, sans compter l'argent que vous pourriez recevoir dans le cadre du conflit actuel sur la propriété, près de trois quarts de millions de dollars. Ils sont tout à vous. Maintenant, le coffre-fort.

Rowan intervint aussitôt :

— Pour éviter tout type de conflit ici ou toute question

concernant le transfert de propriété de la banque à Brandi, pourquoi ne pas simplement le prendre, le ramener ici et nous pourrons tous voir ce qu'il contient ?

Le directeur de la banque jeta une œillade à l'inspecteur qui hocha la tête.

— Ça me convient aussi.

Il la fit signer, disparut, et revint en apportant la grosse boîte verrouillée avec lui.

— C'est très inhabituel.

— Toute cette histoire est très inhabituelle, répliqua Brandi.

Ils ouvrirent la boîte : à l'intérieur se trouvait une grande enveloppe. Le directeur la sortit et la posa sur le bureau, pour qu'ils puissent tous regarder ce qu'il sortait du coffre.

— L'enveloppe couvrait l'argent liquide en dessous.

— Elle ne pouvait pas le mettre sur ses comptes bancaires ou autre chose ?

— Beaucoup de gens gardent une certaine quantité d'argent liquide dans leur coffre-fort. Il faut que je compte.

— Oui, faites donc, répondit l'inspecteur.

— Voulez-vous que je commence par ça ?

Il approuva.

Le directeur sortit l'argent, regroupé en liasses.

— Ce sont des liasses de 10 000 dollars. En tout, il y a 50 000 dollars.

Il fit glisser l'argent sur le côté avec l'enveloppe.

Brandi demanda :

— Qu'est-ce qu'il y a dans l'enveloppe ?

Il l'ouvrit et dit :

— On dirait des lettres, des photos.

— Je serais heureuse de les avoir.

Il retourna au coffre-fort et en sortit un écrin à bijoux,

une pochette en velours, et… une arme.

Quand ils la virent, tous haletèrent et se turent. Elle fixa l'arme de poing.

— Mon Dieu, pourquoi ma grand-mère aurait-elle eu ça ?

— Elle n'avait pas besoin de raison particulière. Pour ce que tu en sais, c'est sûrement celui de ton grand-père, et elle n'a pas su quoi en faire quand il est mort.

— Je vais faire une recherche là-dessus, décida l'inspecteur.

Il leva la main. Le directeur de la banque y déposa l'arme, et l'inspecteur prit rapidement note du numéro de série et du fabricant.

— Savez-vous si votre grand-père avait une arme ?

— Honnêtement, je n'en sais rien. Quand je suis allée vivre chez ma grand-mère, mon grand-père était déjà décédé.

L'inspecteur annonça :

— Je vais devoir emmener ça au poste.

— Vous en avez besoin ? demanda Rowan. Nous pouvons la replacer dans le coffre-fort jusqu'à ce que vous découvriez d'où il vient et à quel nom il est enregistré.

— Nous ne savons pas si l'arme a servi pour un crime.

— Vous pourrez venir ici la récupérer si c'est le cas, dit la petite-fille de la vieille dame en regardant le directeur. Je donne mon autorisation pour que cela se fasse. Puis-je jeter un coup d'œil à la pochette en velours ? demanda-t-elle.

— Oui.

Elle tendit la main devant tout le monde et défit le lien en haut et en sortit un magnifique ensemble de perles.

— Je me souviens d'elles. Ma grand-mère les portait sur plusieurs de ses photos. Ce sont probablement les perles qu'elle a reçues de son mari comme cadeau de mariage, dit-elle tristement.

Elle les remit dans la pochette qu'elle reposa sur le côté avec les lettres et l'argent.

— Je voudrais ouvrir l'écrin à bijoux.

— Allons-y, dirent-ils à l'unisson.

Sous le regard de tous, elle déverrouilla le fermoir et ouvrit le dessus. À l'intérieur se trouvaient des pièces de monnaie, toutes dans des petites pochettes spéciales, disposées dans un cadre.

Elle s'adressa à Rowan :

— Eh bien, regarde ça. Finalement, il y avait *vraiment* une collection de pièces !

Le directeur de la banque nota quelque chose sur son inventaire :

— Il y a aussi autre chose ici.

Il tint un mot devant lui et le lut.

— *À ma belle Isabella, j'espère que ce sera le pécule que tu n'auras jamais besoin d'utiliser.* Signé, *Robert.*

— Isabella est ma grand-mère. Robert est mon grand-père.

— Il les a donc achetés et s'est arrangé pour qu'ils lui soient laissés, comme un pécule, si jamais elle était fauchée, conclut Rowan.

— C'était un beau geste, mais qui d'autre serait au courant ? s'enquit l'inspecteur. Parce que quelqu'un y porte suffisamment d'intérêt pour lui prendre la vie pour ça.

— Je n'ai pas d'autre famille.

— Et la troisième personne du testament précédent ? souleva Rowan. Deux d'entre eux sont décédés, et le troisième… ?

— J'ai vérifié ce matin, exposa le policier. Steve. Il est en prison, pour meurtre.

Elle le regarda, visiblement choquée.

— Qui a-t-il assassiné ?

Il la regarda d'un air sinistre.

— Votre grand-père.

— Vous ne l'avez pas vraiment balancé avec finesse, déplora Rowan.

— Je n'avais aucun moyen de savoir qu'elle ne le savait pas non plus, se justifia le policier.

Rowan prit les mains de son amie et tenta :

— C'est bon. C'est arrivé il y a longtemps.

Elle le dévisagea.

— Ma grand-mère connaissait manifestement ce Steve qui a fini par tuer mon grand-père. J'ai du mal à le croire. Et Steve est toujours en prison ?

Le policier acquiesça d'un signe de tête.

— Alors peut-être qu'à ce stade, intervint Rowan, la question est de savoir si ce Steve qui a tué son grand-père a de la famille ?

— J'ai déjà des pistes, dit-il en adressant un sourire sinistre à Rowan. Vous vous souvenez quand je vous ai dit que nous savions faire notre boulot ?

— Certes, mais de quand date le meurtre du grand-père ?

— Il y a vingt-et-un ans.

— Je suis venue vivre avec grand-mère quand j'avais dix ans. J'en ai vingt-neuf, donc c'était il y a dix-neuf ans. C'est sûrement ça, dit-elle après un temps de réflexion.

— Alors, votre grand-père se fait assassiner. Personne ne sait rien de cette collection de pièces, du moins d'après vous, à l'exception de votre grand-mère, à l'évidence.

Le policier la regarda.

— Tout ce que je peux dire, c'est que jamais elle ne m'en

a parlé ! s'écria-t-elle. Elle a omis de me parler de plusieurs choses, notamment du fait que Grand-père avait été assassiné. Elle n'a jamais parlé de lui, une fois que nous nous sommes installées ensemble. C'était comme s'il n'y avait rien d'autre que notre vie à deux à partir de ce moment. Je devais affronter la mort de mes parents, son fils est mort à ce moment-là. Elle a perdu son mari, puis son fils, mon père, quelques années plus tard, et elle a hérité d'une petite-fille par la même occasion.

Le détective demanda lentement :

— Et vos parents, comment sont-ils morts ?

— Dans un accident de voiture. Mon père avait décidé de m'emmener pour un voyage d'affaires. Nous étions tous en train de traverser l'État par mauvais temps et avons eu un choc frontal avec un semi-remorque. Ç'a été jugé accidentel à l'époque.

J'ai cherché tous les détails quand j'avais seize ans, au cas où. En plus, ma mémoire n'était pas aussi claire que je l'aurais voulu à cause de mon propre traumatisme à l'époque.

— Juste au cas où quoi ?

L'intéressée sourit.

— Au cas où ils auraient pu s'enfuir et simuler l'accident. Je traversais une crise d'identité et je cherchais à savoir ce qui leur était arrivé. J'avais beau adorer ma grand-mère, je me demandais s'il n'y avait pas une autre explication, mais ils étaient morts.

— Les informations que tu as trouvées à l'époque ont-elles suffi à te satisfaire ? demanda Rowan.

— Oui, et les informations de ma grand-mère aussi. Elle m'a raconté les détails. Mon père avait prévu un voyage d'affaires. En temps normal il prenait l'avion, mais ma mère voulait partir avec lui cette fois, et m'emmener aussi. Alors à la place, mon père a pris le volant. Cette décision les a tués.

Elle baissa les yeux sur sa main qui, étrangement, s'était entrelacée avec la sienne. Elle reporta son attention sur le directeur de la banque.

— Y a-t-il autre chose là-dedans ?

Il se leva, souleva le coffre et lui montra. Elle vit qu'il était effectivement vide.

— Je voudrais laisser tout ce qui se trouve ici, annonça-t-elle. Du moins, pour le moment.

— Tu ne veux pas prendre les lettres et les photos ? s'étonna Rowan.

— Pas encore. Je suis un peu trop émotive pour gérer cela.

— Je pense que nous devrions les examiner de près. Si cela peut nous éclairer sur… ce qui se passe maintenant.

Ses épaules s'affaissèrent.

— C'est possible… bon, très bien.

Et elle tendit le bras pour prendre l'enveloppe, puis elle répondit au détective.

— Vous voulez aussi voir ce que c'est ?

— Absolument. On peut peut-être les scanner ? demanda-t-il au manager. Est-ce que c'est quelque chose que nous pouvons faire ici ?

— Oui, effectivement.

Il ouvrit l'enveloppe, déposa les photos d'un côté et les lettres de l'autre. Il y avait dix lettres, chacune d'une page ; il les déplia, les rassembla avec les photos et s'éloigna.

— Je reviens dans une minute.

Quand il revint, il avait une copie de tout, et les originaux.

— Si vous me donnez vos e-mails, je vous enverrai à tous une copie numérique.

Il joignit le geste à la parole. En quelques clics, il leur envoya les copies scannées.

— Maintenant, vous avez aussi des copies numériques, dit-il en souriant.

B. regarda les originaux qu'elle replaça dans l'enveloppe.

Rowan savait que cela lui ferait mal de s'occuper à la fois des photos et des lettres.

Ils se levèrent. Rowan serra la main du directeur.

— Merci de votre coopération.

— Merci d'avoir été indulgents à ce sujet, dit-il en regardant le reste des affaires. Nous allons garder tout cela pour le moment. Et pour l'argent ? s'enquit-il auprès de Brandi.

— Remettez-le en place pour le moment.

— Je préférerais le placer sur votre compte, pour que vous puissiez y accéder à tout moment.

Elle acquiesça d'un signe de tête.

— C'est d'accord, faites ça. C'est probablement plus sûr comme ça.

Il rédigea rapidement les bordereaux et les lui fit signer. Il déposa les 50 000 dollars sur le compte joint qu'elle avait avec sa grand-mère.

Elle sortit de la banque suivie de l'inspecteur et de Rowan. Le policier lui rappela :

— Maintenant, n'oubliez pas. Vous êtes une femme riche. Je ne sais pas si vous avez déjà rédigé un testament ou non. Mais que se passera-t-il le jour où vous ne serez plus là ?

— Je n'ai pas pris de dispositions.

L'inspecteur lui sourit, et lança :

— Devinez quoi ? Il est temps que ça change.

Puis il tourna les talons et s'en alla.

Elle fixa Rowan sans rien dire. Il lui passa un bras autour des épaules et murmura :

— Calme-toi. Je suis désolé, mais il a raison. Maintenant, ta vie est aussi en danger. Elle sera d'autant plus en danger quand quelqu'un apprendra de combien d'argent tu as hérité.

— Et comment pourraient-ils l'apprendre ?

— Je ne sais pas. Tout ce que je peux te dire, c'est qu'il y a des moyens. Ce que nous devons faire maintenant, c'est te protéger et te garder en sécurité.

BRANDI QUITTA DIRECTEMENT la banque pour aller au travail, comme si elle voulait échapper à ce dernier événement, et il la regarda partir avec des doutes. Il resta sur le parking avec l'inspecteur.

— Comment allez-vous rentrer ? lui demanda le policier.

— Je vais marcher. Ce n'est qu'à quelques kilomètres. Et Hershey et moi avons besoin d'exercice.

— Je peux vous déposer à mi-chemin si vous voulez.

Rowan hésita. Même si c'était une bonne idée, il avait hâte de faire cette promenade. Mais habituer Hershey aux gens et disposer de quelques minutes pour discuter avec le policier et créer un lien un peu plus fort était aussi une bonne idée.

— Bien sûr, si vous avez le temps.

— Sans problème, répondit-il avant de mettre Hershey sur la banquette arrière, pendant que Rowan s'installait sur le siège passager. Quelle est l'adresse ? demanda-t-il alors qu'ils quittaient le parking en direction du motel. De toute façon, il faudra que je tourne à un pâté et demi du motel.

— C'est parfait, répondit Rowan, ensuite nous irons sûrement vers l'espace vert à l'arrière.

— Il y a autre chose de bizarre ?

— Vous voulez dire, en dehors de ce type sur le parking ?

— Quel type ?

— Je ne vous ai pas parlé de lui ? J'ai dû faire un rapport à mon boss.

Il expliqua rapidement la situation à l'inspecteur. Il se souvint qu'il avait également des photos.

— J'ai pris des photos de sa plaque d'immatriculation et de son visage. Je pensais vous les avoir envoyées.

— Si c'est par mail, je ne suis pas encore retourné au bureau.

Il avait du mal à se mettre dans la tête que pour certaines personnes, travailler, c'était de neuf heures à dix-sept heures. Dans le monde de Rowan, ce genre d'emplois n'existaient pas. Lorsqu'un problème survenait, il était traité. Et si ce n'était pas le cas, alors on ne rentrait pas chez soi jusqu'à ce que ce soit fait. Il avait du mal à compartimenter.

— Combien de temps restez-vous en ville ? le questionna le policier.

— Assez longtemps pour comprendre ce qui se passe dans son monde. Je ne me sens pas bien de la laisser.

— Et pourtant, vous êtes venu pour chercher le chien, non ?

— Oui, c'est exact. Mais après avoir trouvé Brandi, sa chienne et ses chiots, il est évident qu'il se passe ici bien plus de choses que nous ne l'aurions pensé. Cependant, nous n'avons pas de piste. Est-ce que le condamné avait de la famille ?

— Nous sommes en train d'étudier la question, répondit le policier.

Rowan prit note mentalement de vérifier avec Badger

dès qu'il retournerait au motel.

— Au moins, nous avons résolu certains des problèmes. Nous savons qu'il y a effectivement une collection de pièces. Nous savons où elle se trouve, et qui doit en hériter.

— Ce qui signifie également que si quelqu'un la veut vraiment, sa vie est d'autant plus en danger.

— Seulement si quelqu'un sait comment mettre la main sur la collection de pièces. S'ils ne savent pas où elle se trouve, la tuer ne leur donnera pas la réponse.

— À moins qu'ils n'aient d'abord une discussion avec elle, répliqua l'inspecteur.

Rowan grimaça à ces mots, mais opina du chef.

— Vous marquez un point. Avez-vous trouvé des preuves dans son appartement ?

— On ne m'a rien rapporté jusqu'à présent, dit l'inspecteur en bâillant. Bon, je ne suis pas retourné au bureau, comme je vous l'ai dit. Je vérifierai quand j'y serai.

Il déposa Rowan un peu avant le motel. Il descendit la rue en direction de l'entrée principale du motel, Hershey à ses côtés, puis la dépassa pour rejoindre la bande de verdure derrière. Il pourrait au moins faire une bonne balade pour détendre ses articulations et celles du chien.

Pendant qu'ils marchaient, Hershey accéléra le rythme, visiblement ravi d'être en promenade. Rowan aurait pu emmener les chiots avec lui, et il aurait peut-être dû le faire. Il y avait de fortes chances qu'ils aient dévoré la chambre d'hôtel. Il décida de retourner dans la chambre pour mettre les chiots en laisse et les promener un peu dehors. Dès qu'il entra, il les trouva roulés en boule au centre du lit, et ils se réveillèrent à son arrivée. Le lit ne paraissait pas mouillé, et le reste de la chambre semblait plus ou moins intact. Il accrocha les nouvelles laisses à leurs nouveaux colliers. Puis, avec les trois chiens qui marchaient tranquillement, il repartit vers l'espace vert.

Là, il s'arrêta régulièrement pour que les petits profitent d'être dehors. C'était une chose de récupérer un chiot sauvage à l'extérieur pour le domestiquer, mais c'en était une autre de retirer le côté sauvage au chiot en question. Il voulait qu'ils aient un bon équilibre dans leur vie. Et cela prendrait un peu de temps. Tout en promenant les chiens, il envoya un SMS à Badger, en quête de nouvelles, pour lui parler de la visite à la banque ce matin. Quand son téléphone sonna, Rowan vit que son patron l'appelait.

— Quoi de neuf, Badger ?

— C'est une femme très riche maintenant, souligna Badger. Tu devras garder un œil sur elle.

— Eh bien, je le ferais si je pouvais. Elle a pris sa matinée pour aller à la banque, mais elle a insisté pour aller travailler.

— Tu sais si elle a déjà pointé au boulot ?

À ce moment-là, Rowan marqua une pause.

— Non. Pas encore. On dirait que l'on tourne autour du pot, sans s'attaquer au cœur du problème.

— Je vois ça souvent. Il te manque encore des informations clés.

— Par exemple, qui a tué la grand-mère et l'avocat ?

Sitôt leur discussion terminée, Rowan repartit vers le motel, en appelant déjà Brandi sur son portable, mais il n'obtint aucune réponse. Il laissa un message et la rappela dix minutes plus tard. Le temps de rentrer au motel, il était inquiet. Il appela une fois de plus et laissa un message, lui demandant de le rappeler... maintenant. Il jeta son téléphone sur le comptoir et le fixa. Lui avait-elle même dit pour quelle entreprise elle travaillait ? Il se creusa la tête, récupéra son téléphone et rappela Badger.

— Il faut que je sache où elle travaille. Je n'ai pas eu de nouvelles d'elle.

— Je m'en occupe, assura Badger. Donne-moi une minute.

Rowan mit la bouilloire en route pour se préparer un café, regrettant de ne pas l'avoir lui-même conduite au travail. Quand le téléphone sonna, il décrocha, pensant que c'était Badger.

Au lieu de cela, c'était elle.

— Je ne sais pas où je me trouve, mais je dois être dans un utilitaire.

— Qu'est-ce qui s'est passé ?

— J'étais en train de faire la longue route pour aller au travail, et un pneu crevé m'a obligée à quitter la route. Je me suis garée et j'allais marcher jusqu'au travail, puis demander à quelqu'un de venir m'aider, quand ces types m'ont emmenée de force. Ils ont mis quelque chose sur ma tête et m'ont balancée à l'arrière d'un autre véhicule. Puis on m'a encore transférée. Je ne sais pas où je suis.

— Est-ce qu'ils ont pris la route en direction de ton travail ?

— Je ne crois pas. On se dirige vers mon ancienne maison, mais je n'ai aucune vraie raison d'en être sûre.

— Et ils n'auraient aucune raison de le faire non plus. Peux-tu identifier quelqu'un ou quelque chose ?

— C'était un utilitaire. Pas de fenêtre, comme une camionnette de pro, mais sinon, non. Je n'ai rien vu.

— Un ou deux hommes ?

— Deux.

— Il y a combien de temps ?

— Peut-être vingt minutes… ?

— Et tu ne m'appelles que maintenant ? s'écria-t-il, indigné.

— Ils m'ont frappée ! se justifia-t-elle. Je me suis évanouie.

— Merde ! s'exclama-t-il, de plus en plus en colère.

— Ça va quand même, dit-elle, l'air de toujours s'excuser.

— Je vais faire mettre le satellite sur le coup, et on va s'occuper de toi. Ne t'inquiète pas. Je suppose que tu n'as pas d'autre info, comme la plaque d'immatriculation, n'est-ce pas ?

— C'est arrivé tellement vite ! J'ai vu la camionnette s'arrêter avec deux gars, et je me suis dit qu'ils bossaient ici aussi, qu'ils s'arrêtaient pour être de bons samaritains. Quelques instants plus tard, je me retrouvais à l'arrière du véhicule.

— D'accord. Il te reste combien de batterie sur ton téléphone ?

— Elle est pleine. J'ai branché le chargeur dans ma voiture sur le chemin du travail.

— Et personne ne peut t'entendre ?

— Je ne crois pas. Il y a une paroi contre le siège avant, alors je suis à l'écart d'eux, à l'arrière, avec tous les outils.

— Il y a des outils ? Tu peux te servir de l'un d'entre eux comme arme ?

— Si je savais comment m'en servir, oui, il y en a un paquet : des marteaux, des pinces et toutes sortes de trucs.

— Et ils ne t'ont pas attachée ?

— Si, répondit-elle, mais pas très serré. J'ai libéré mes mains. Mes pieds, eux, sont toujours attachés, mais tu as raison. Il faut que je les libère. Attends.

Elle posa son téléphone et il l'entendit faire quelque

chose.

— Qu'est-ce que tu fais ?

— J'ai trouvé un cutter. Je coupe la corde de mes pieds.

— Et peux-tu ouvrir la porte arrière ?

— Ça pourrait être sacrément dangereux aussi.

— N'ouvre qu'un seul côté de la porte, dit-il, et laisse l'autre verrouillé pour ne pas te faire entraîner.

— Super, chuchote-t-elle, et qu'est-ce que ça va m'apporter ?

— On saura si tu es en ville, et ça pourrait même te dire où tu te trouves.

— Est-ce que le conducteur saura aussi que la porte est ouverte ?

Il réfléchit un long moment avant de lui dire :

— Oui, tu as sans doute raison.

— Je dois vraiment faire ça ?

— Seulement si tu es capable de sauter dans le vide, avoua-t-il.

— J'ai l'impression que ça ralentit.

— Sois prudente. Tu ignores s'il ralentit à cause de la circulation ou s'il tourne dans un sens ou dans l'autre, auquel cas tu auras une occasion de t'échapper.

Ensuite, il entendit un cri aigu, puis une respiration lourde alors qu'elle courait quelque part.

— Qu'est-ce qui se passe ? rugit-il.

— Pas le temps de parler, dit-elle en criant de douleur. Je suis sortie du véhicule. J'essaie de me cacher. Je t'appelle dès que je peux.

Et sur ces mots, la communication fut coupée. Il jura et appela Badger.

CHAPITRE 13

C'ETAIT PROBABLEMENT LA chose la plus stupide, ou la plus courageuse, qu'elle avait jamais faite dans sa vie. Brandi était derrière un arbre, cherchant à contrôler sa respiration et grimaçant à cause de sa cheville douloureuse. Elle se cacha autant qu'elle le put dans la verdure. Le véhicule semblait avoir tourné au coin de la rue, sans remarquer qu'elle était partie. Mais elle savait que ses assaillants allaient revenir, et elle ne pouvait pas rester ici, sinon ils la trouveraient.

Elle regarda autour d'elle, essayant de comprendre où elle se trouvait. Elle voyait bien des maisons, mais pas vraiment de rue. Un grand champ se trouvait de l'autre côté. Elle ne reconnaissait rien ici. Sa meilleure chance était sans doute de se glisser parmi les maisons. Cependant, si ses kidnappeurs revenaient et qu'elle se trouvait sur un trottoir, ils pourraient simplement la renverser. Le champ n'offrait aucune couverture. Mais devant elle se trouvaient des arbres le long d'un ruisseau ou d'une rivière.

La victime boitilla en se tenant aussi basse que possible, au cas où la camionnette reviendrait en trombe. Elle ne savait pas pourquoi elle n'était pas déjà là. Elle se mit à couvert entre les arbres au moment où la camionnette tournait à nouveau au coin de la rue. Elle envoya rapidement un message à Rowan pour lui dire qu'elle était en sécurité dans les arbres le long d'un ruisseau. Ses ravisseurs étaient maintenant à sa recherche.

Il lui écrivit : **Prends de la hauteur.**

Elle leva les yeux. C'était une bonne idée, mais elle n'était pas la plus douée pour grimper aux arbres, même si l'un d'eux avait beaucoup de feuillage bas. Plaçant le téléphone dans son soutien-gorge, elle escalada vite, jusqu'à ce qu'elle se trouve à environ trois mètres au-dessus du sol. Là, elle s'assit, récupéra son téléphone, réduisit le volume au minimum et envoya à Rowan un autre message sur l'endroit où elle se trouvait.

OK, envoya-t-il. **Garde ton téléphone allumé. Nous allons te géolocaliser.**

Elle regarda son téléphone et sourit, parce qu'évidemment, elle n'avait aucune idée de comment faire ça, mais lui oui. Elle le garda allumé et scruta à travers les arbres pour voir ce que faisait le van. Les ravisseurs s'étaient garés sur le côté, et les deux types arpentaient les environs. Ils s'arrêtèrent au niveau du champ qu'ils fouillèrent. L'un d'eux montra un côté, puis ils haussèrent les épaules, et il indiqua les arbres près du ruisseau.

— Merde, chuchota-t-elle.

Évidemment qu'ils allaient venir par ici. C'était ici qu'elle serait forcément allée, ici qu'elle *était* venue, alors évidemment, ils prendraient cette direction.

Elle retint son souffle quand les ravisseurs coururent le long de la rive du ruisseau. L'un d'eux passa sous elle à moins d'un mètre de l'arbre où elle se trouvait, et elle se contenta de tenir sa main et son téléphone contre sa poitrine et de contrôler au mieux sa respiration. Elle les perdit de vue, mais ils devaient être quelque part dans les environs. Brandi ne savait pas non plus ce qu'ils lui voulaient, vu qu'ils n'avaient rien dit.

— Ron, montons par là.

— Il faut qu'on se sépare, répondit le dénommé Ron. Tu montes d'un côté, et je vais de l'autre.

— Si tu le dis. Allez. Nous n'avons pas le temps. Nous devions la déposer il y a dix minutes.

— On se retrouve dans un quart d'heure.

Ils prirent tous deux des directions séparées.

Elle envoya un SMS à Rowan.

Un des gars s'appelle Ron. Ils se sont séparés à quelques mètres de moi, l'un remonte le ruisseau, l'autre le descend. Apparemment, je devais être déposée quelque part il y a dix minutes. La camionnette est garée le long de la rue près du champ.

Nous le recherchons, fut la réponse qu'elle reçut.

Elle retint son souffle et patienta. Sa cheville palpitait et la faisait souffrir, mais la douleur était supportable. Vu l'alternative, c'était très vivable. Quelle journée de merde ! Ce mois entier avait été un cauchemar. Elle ne reconnaissait pas ces hommes, et cette fois ils n'étaient pas masqués. Elle ne les avait pas bien vus non plus. Grand, jeune, blanc, c'est tout ce qu'elle pouvait dire. L'un avait les cheveux bruns, l'autre les cheveux plus foncés. Elle avait envoyé ces simples descriptions à Rowan et ajouté, **Désolée, je n'ai rien vu de plus.**

T-shirts, jeans, vestes, manteaux, combinaisons ?

Jeans, t-shirts, un bleu, un blanc. Des baskets tous les deux. Pas de tatouages visibles. Plus jeune, moins de trente ans. Et c'est à peu près tout ce qu'elle trouva à en dire. Elle ignorait combien de temps il faudrait pour que quelqu'un la localise, mais les deux hommes revinrent en courant dans sa direction quinze à vingt minutes plus tard.

— Aucun signe d'elle, dit le premier.

L'autre jura.

— On va avoir des emmerdes à cause de ça.

— Mais comment elle a pu sortir ?

— On n'aurait pas dû la mettre à l'arrière. C'était idiot.

— On n'a pas pensé à ça. On a pris le véhicule, et on l'a attrapée. On n'y a pas réfléchi.

— On aurait dû la garder à l'avant.

— Et elle aurait été visible par n'importe quelle caméra, et si on s'était fait arrêter, on aurait été vraiment foutus. Au moins, à l'arrière et inconsciente, on était tranquilles.

— Oui, eh bah niveau inconscience, on est servis, non ? Et comme ce camion est volé, il va bientôt être récupéré.

— Oui, enfin, je ne vais pas non plus rentrer à pied. On va le chercher, et on le laissera dans un centre commercial ou je ne sais quoi.

— Oui, allons-y, mais tu appelleras le patron.

— Non, pas moi. On sait à peu près où on l'a perdue. On pourrait ramener une équipe et fouiller la zone.

— Imbécile, c'est *nous*, l'équipe. Il n'y a personne d'autre pour nous filer un coup de main.

— Toute l'équipe n'a pas été engagée ?

— Je ne pense pas qu'il y ait une tonne d'argent pour embaucher du monde.

— Bon sang, je ne suis même pas payé, dit-il avec dégoût. C'est un retour de faveur.

— Oui, eh bien, pour moi aussi, fit l'autre gars. Je ne retournerai pas en prison pour ce fou. Il est en taule, et c'est là qu'il devrait rester.

— Moi non plus, confirma l'autre.

Les deux hommes s'arrêtèrent et se regardèrent. Ron dit :

— Tu sais ?

— Oui, je sais. On devrait le mettre dans la direction

opposée.

À ce moment-là, une voiture de police arriva au coin de la rue, sirènes en marche, et elle regarda les deux hommes plonger dans les broussailles. La kidnappée avait envie d'appeler les flics pour leur dire où étaient les types. Mais elle entendait déjà les ravisseurs traverser le ruisseau en courant et disparaître de l'autre côté.

Les flics se garèrent à côté du véhicule des kidnappeurs, et elle envoya un autre message à Rowan. **Les flics sont à côté du van. Ils l'ont volé ce matin. Les deux types ne vont pas retourner au véhicule. Ils ont traversé le ruisseau et sont partis. C'était un renvoi d'ascenseur pour un type en prison.**

Bien, tapa Rowan. **Peut-être Steve, le type qui a tué ton grand-père. Nous allons contacter la police.**

— Ça me va, murmura-t-elle, et elle resta assise à attendre.

Elle entendait des bruits en dessous, et ça la terrifiait. Elle ne voulait pas regarder pour voir, de peur que les ravisseurs soient de retour, mais elle croyait qu'ils avaient traversé le ruisseau. Ce qui ne signifiait pas que l'un d'eux n'avait pas pu revenir sur ses pas. S'il pouvait obtenir des faveurs en la livrant, cela aiderait beaucoup les kidnappeurs. Le cœur tambourinant contre sa poitrine, elle entendit des pas s'approcher. Elle ferma les yeux, serra son téléphone contre elle, et retint son souffle.

ROWAN SE FAUFILA dans les arbres, à la recherche d'un indice sur l'endroit où elle était partie. Il n'avait vu aucun signe de quiconque, et, jusqu'à présent, il avait évité les flics au coin de la rue aussi. Il savait que les appels au 911 leur avaient déjà été transmis, mais Rowan voulait avant tout retrouver Brandi. L'homme entendit un mouvement au-dessus de sa tête. Il sourit, décala son regard pour voir à travers la ramure des branches au-dessus, et elle était là, serrant son téléphone contre sa poitrine, les bras croisés, blottie contre le tronc de l'arbre.

— Brandi, murmura-t-il, je suis juste là.

Elle haleta et se déplaça brusquement, puis se rendit compte que c'était dangereux, car elle n'était pas très bien assise là-haut. Elle baissa les yeux sur lui et il lut le soulagement dans son expression. Il ouvrit les bras et demanda :

— Tu peux redescendre tout doucement ?

— Les ravisseurs sont partis ? siffla-t-elle.

— J'espère que non, dit-il d'un ton léger. J'aimerais vraiment avoir la chance de mettre la main dessus.

Elle le fixa, puis comprit ce qu'il voulait dire.

— Je ne voudrais pas que tu t'en prennes à eux. Ils étaient deux.

Il se contenta de lui offrir un sourire.

— Parfait, dit-il. Je pourrais les attraper tous les deux en même temps.

Elle constata qu'il y avait au moins Hershey avec lui, puis elle glissa lentement d'une branche à l'autre, jusqu'à être presque à son niveau. Elle n'était pas certaine de savoir comment sauter la dernière partie. Mais il tendit la main, et avec son aide, elle sauta plus qu'elle ne tomba de l'arbre jusque dans ses bras.

— Je ne sais pas comment j'ai réussi à monter aussi haut, dit-elle, lorsqu'elle était au sol, en levant les yeux.

— L'adrénaline fait en sorte de t'aider à aller là où tu dois aller, dit-il en enroulant un bras autour d'elle et en la serrant simplement contre lui. Tu vas bien ? demanda-t-il.

— Je me suis fait mal à la cheville, mais ça devrait aller.

Elle enfouit son visage dans son t-shirt.

— Quand je me suis réveillée dans ce van…, murmura-t-elle en secouant la tête.

— Je sais, répondit-il. Je t'ai appelée plusieurs fois au travail et je n'ai pas eu de réponse… Bon, ce serait bien si tu avais une meilleure description à donner à la police, mais tant pis. Ils sont en bas en train d'inspecter le van en ce moment même.

— Viens. Partons d'ici, au cas où les kidnappeurs reviendraient.

Aussitôt, elle accéléra le rythme presque jusqu'à courir, prenant appui sur sa bonne cheville. Il sourit, et lui tendit la main.

— C'est bon. Vraiment, ça va aller.

Elle secoua la tête.

— Non, absolument pas, répondit-elle. Ils ont saboté mon véhicule. Ils m'ont enlevée, et je n'ai aucune idée de l'endroit où ils voulaient m'emmener. Si tu n'avais pas été là, je ne m'en serais pas sortie.

— Mais tu t'es éloignée d'eux par tes propres moyens, la complimenta-t-il. Tu as gardé ton sang-froid et tu as fait ce qu'il fallait, c'est ça qui compte.

Elle lui jeta un regard dur.

— C'est le cas, mais ça ne peut pas durer longtemps avant d'exploser, Ces deux hommes doivent être arrêtés, et celui à qui ils me livraient doit l'être aussi.

— J'ai compris. Nous recherchons le neveu de l'homme en prison, le neveu de Steve.

— Il est en ville ?

Il acquiesça.

— Alors c'est sûrement le meilleur suspect, dit-elle.

— Oh, nous sommes d'accord avec toi, mais ça ne veut pas dire qu'il est dans les parages.

— Non, il est à quelques coins de rue, dit-elle avec une nouvelle détermination dans la voix. Comment ose-t-il me faire ça ?

Il réfréna un sourire, et elle regardait autour d'elle, indignée.

— Où sont les ravisseurs ? demanda-t-elle. Évidemment, ils sont en fuite, mais où étaient-ils avant d'attaquer une femme sans défense, de l'attaquer, la balancer à l'arrière d'un véhicule, et de partir en trombe ? Je ne sais même pas où je suis.

Il la raccompagna vers le van blanc.

— Est-ce que ça ressemble à ce dans quoi tu as été kidnappée ?

Les flics arrivèrent sur le côté, et il fit des présentations rapides. L'un des policiers repoussa son chapeau en la scrutant.

— Vous êtes sacrément veinarde.

— La chance n'a rien à voir avec ça, répondit-elle tranquillement. Je me suis jetée hors d'un véhicule en mouvement. J'ai juste eu la chance qu'on ne soit pas dans une rue fréquentée, et qu'il n'y ait pas eu d'autre véhicule derrière pour me heurter.

— Comme je l'ai dit, répéta le policier, vous avez de la chance.

Elle lui fit un petit sourire.

— Des preuves ou des informations disponibles sur le véhicule ? demanda Rowan.

Les policiers le fixèrent sans rien dire. Il fit un signe de tête.

— C'est vrai, je ne prends pas part à l'enquête. Donc je n'ai pas le droit d'avoir des informations. Je peux la ramener à la maison ?

— Elle ne veut pas se faire examiner par les ambulanciers ou le médecin ?

— Non. J'ai vu assez de gens pour la matinée. Si je me sens mal plus tard, j'irai chez le médecin ou aux urgences.

— Il nous faut encore votre déposition.

— Je comprends, dit-elle. Vraiment. Simplement, je ne veux pas gérer ça maintenant.

— Le plus tôt sera le mieux. Que diriez-vous de passer au poste demain matin ?

Elle acquiesça.

— Nous allons rester ici pendant un moment. Avez-vous vu d'où venait le van ?

Elle pointa un coin.

— Il a fait demi-tour et s'est garé là, mais je n'ai pas pu voir autre chose.

— Vous n'avez aucune idée de l'endroit où ils vous emmenaient ?

Elle secoua la tête.

— Non, vraiment aucune.

— C'est une banlieue avec beaucoup de petites résidences. Pas d'entrepôt ou de quartier commercial.

— Donc ils l'emmenaient dans une maison, conclut Rowan. Sûrement quelqu'un qui vit dans le coin.

— Ou qui loue, quand on pense au neveu du type en prison.

— Et, si vous ne comprenez pas bien, dit Rowan aux policiers en leur tendant une carte de visite, contactez l'inspecteur dont le nom figure sur cette carte. Il est au courant des affaires liées.

— Je vais le faire, dit l'un des policiers. Mais soyez prudente, m'dame. Vous avez été enlevée une fois. Évitons de vous retrouver à la morgue la prochaine fois.

Rowan entendit son halètement presque silencieux à ses côtés, mais il lui serra les doigts et dit :

— Je la ramène à la maison. Elle ne sera pas seule jusqu'à ce que tout ça soit terminé.

— Bien, répondit le policier. Veillez à ce qu'elle soit en sécurité. Nous nous retrouverons demain matin au poste, si vous pouvez être présents.

— Ou vous pourrez passer au motel où nous allons rester, vous prendrez nos dépositions là-bas.

— Ça marche aussi, répondit le policier, qui sortit une carte de visite qu'il remit à Rowan. Restez en contact. Et il me faut aussi vos coordonnées.

Rowan écrivit rapidement son numéro de portable et celui de Brandi ainsi que le numéro de chambre de l'hôtel au dos d'une carte de visite de Titanium Corp et la lui remit.

— Vous avez nos numéros et nos noms.

Il mena ensuite Brandi sur le côté où se trouvait sa voiture de location. Une fois en sécurité à l'intérieur avec Hershey sur la banquette arrière, Rowan la regarda et lui demanda :

— Tu vas bien ?

Elle fixa ses mains qui tremblaient. Il tendit le bras, lui prit la main qui était la plus proche de lui :

— C'est le choc. Maintenant que tout est terminé, c'est la première chose qui s'installe.

— C'est une réaction stupide. Et décalée.

Il gloussa.

— C'est toujours le cas.

— Alors pourquoi ça arrive ?

Il comprit qu'elle faisait simplement la conversation, qu'elle essayait de détourner son esprit des réflexes primaires de son corps.

— Je ne sais pas. J'imagine que c'est la façon dont le corps se décharge d'une grande partie de l'adrénaline. Tu y vas fort et vite, et puis tu te crashes.

— Eh bien je me suis écrasée, c'est sûr. Sans le moindre doute. Je crois que mon boss ne sait même pas où je suis.

— Tu veux que je te ramène à ton travail pour que tu puisses leur parler ?

— Il faut que je fasse quelque chose pour ma voiture.

— Nous allons commencer par là.

Son compagnon la conduisit à son laboratoire.

Il y avait une grande allée, et il vit une voiture garée sur le côté.

Elle chercha ses clés dans son sac à main.

— Tu as un pneu crevé.

— Je le sais, mais l'ont-ils entaillé ?

— Peu probable. Pour ça il aurait fallu être juste à côté du véhicule pendant que tu conduisais. Non, ils ont probablement coincé quelque chose dans le pneu, comme un clou, qui a mis du temps à faire sortir l'air.

— Qu'est-ce que je dois faire ?

— Fais une demande de remorquage, ou si tu as une roue de secours dans le coffre, je peux la changer, et nous l'emmènerons dans un garage.

— J'ai une roue de secours.

Elle descendit et boitilla vers la voiture afin de sortir une roue de secours du coffre.

— La plupart des gens n'ont plus de pièces de rechange de taille normale.

— Grand-mère était plutôt à cheval sur certains principes. Elle ne faisait pas confiance aux nouvelles demi-mesures que les gens prenaient.

— Je suppose que tu n'as pas de cric, n'est-ce pas ?

Elle fouilla dans le fond du coffre et en sortit un cric.

— C'est un bon début, approuva-t-il.

B. lui tendit un cliquet pour les ergots. Il lui fallut environ vingt-cinq minutes pour terminer. Il jeta la roue crevée dans le coffre.

— Tu veux qu'on répare ça tout de suite ?

— S'ils ont encore l'intention de taillader mes pneus, autant le faire.

Sa réaction fut d'éclater de rire.

— Tu sais que ce n'est pas moi qui vais dire le contraire. Ce n'est quand même pas commun de voir quelqu'un se préparer à une autre attaque.

— Je serais stupide de ne pas le faire. Réfléchis. Il y a déjà eu tant d'attaques et tant de personnes impliquées dans ce boxon.

— Je te comprends. Retournons au motel pour voir comment vont les chiots. Nous chercherons un lieu de réparation en chemin. Si nous n'en voyons pas, nous pourrons faire une recherche rapide sur Internet.

— Je vais appeler mon patron en chemin.

De retour sur le parking du motel, il dit :

— Nous allons passer quelques coups de fil pour voir ce que nous trouvons.

Visiblement, les chiots avaient déchiqueté un rouleau de papier essuie-tout, et étaient parvenus à s'emparer du papier toilette aussi. Brandi se mit à rire. Rowan la regarda de travers. Des larmes ruisselaient sur son visage alors qu'elle se recroquevillait sur le canapé en hurlant de rire. C'était plutôt drôle, mais pas tant que ça, et, tout aussi vite, elle passa du rire aux larmes.

Il s'assit sur le canapé, l'attira dans ses bras et la tint contre lui. Lorsque ses sanglots s'apaisèrent enfin, elle le regarda et murmura :

— Désolée.

— Ça t'a fait du bien. Tu avais manifestement besoin d'évacuer un peu de stress.

— Ces derniers jours ont été un peu compliqués.

— Eh bien, j'ai comme l'impression que ces derniers mois ont été assez difficiles, répondit-il d'un ton doux. Tu ne peux pas être forte tout le temps.

— Je voudrais bien l'être. Ma grand-mère l'était.

— Ta grand-mère a vécu un paquet d'expériences avant d'en arriver là. Ce n'est pas comme si tu allais y arriver du jour au lendemain.

— C'est vrai, dit-elle en s'essuyant les yeux. Nous avons pris un petit-déjeuner, des restes de beurre de cacahuètes et de pain de chez moi. Maintenant, l'heure du déjeuner est passée.

— Non, dit-il, en fait, c'est bientôt l'heure du déjeuner.

— Vraiment ?

— Oui, en fait, il n'est pas très tard. Il n'est que midi.

— J'ai l'impression que des jours entiers se sont écoulés.

— Il fallait s'y attendre. Il s'est passé beaucoup de choses, mais le temps n'a pas d'importance. As-tu besoin de nourriture ?

— Oui, ça aiderait, dit-elle en lui jetant un regard noir. Je ne veux pas de hamburger.

Il lui adressa un sourire.

— Quel est le souci avec les hamburgers ? J'adore les hamburgers.

— J'aime ça aussi… pas à tous les repas.

— D'accord, et de toute façon, il faut qu'on rentre le pneu. Nous devons sortir les chiens pour qu'ils puissent faire leurs besoins. Nous trouverons un endroit en chemin pour déjeuner. J'ai vu un magasin de pneus à quatre rues d'ici, et un restaurant italien à quatre rues de l'autre côté.

Le temps qu'ils se garent devant le restaurant, qu'ils descendent de voiture et aillent à l'intérieur, elle avait l'air bien plus radieuse. Il lui sourit.

— Est-ce que cela fera l'affaire ?

Elle leva les yeux vers l'enseigne italienne et éclata de rire.

— Après la journée que j'ai eue, c'est parfait.

CHAPITRE 14

BRANDI SE FROTTA les bras pour essayer de chasser le froid, et entra, lui sur ses talons. Quand ils furent assis, on leur apporta du pain français avec du beurre à l'ail.

Il commanda du café et des menus. Puis il prit son téléphone.

— Et maintenant ? demanda-t-elle.

— Il faut que je tienne Badger informé. Je lui ai dit que tu étais en sécurité, mais je ne lui ai pas encore donné de nouvelles complètes.

— Est-ce qu'il a aidé à me retrouver ?

— Oui. Il a fallu qu'on trace ton téléphone.

— Au moins, j'avais une batterie pleine. Tu me feras penser à toujours garder mon téléphone chargé à bloc.

— Absolument, parce qu'on ne veut pas que tu te retrouves à nouveau dans une telle situation.

— Évidemment que non, mais ce sera compliqué jusqu'à ce que tout soit terminé.

— Trouvons un moyen d'en sortir.

Il avait informé Badger, puis reposé son téléphone, quand la serveuse arriva avec des cafés et des menus. Il y jeta un coup d'œil et sourit.

— Je vais prendre un burger.

À côté de lui, Brandi hoqueta.

— Hors de question. Tu peux prendre des pâtes. Tu ne

peux pas vivre de hamburgers. De plus, nous reviendrons sûrement au restaurant de burgers plus tard dans la soirée ou demain.

Il y réfléchit, puis s'adressa à la serveuse, qui les regardait avec une expression amusée.

— Très bien. Je vais prendre des spaghettis et des boulettes de viande.

Une fois leurs commandes passées, Brandi s'attaqua au pain français. Elle lui demanda :

— Que faisons-nous, maintenant ?

— Badger est à la recherche du neveu. J'aimerais pouvoir parler à notre détenu.

— C'est possible ?

— Probablement, mais il est en Californie du Sud.

— Oh, alors ça n'arrivera sûrement pas.

— Peut-être pas, mais est-ce vraiment loin d'ici ?

— Je ne sais pas trop dans quelle prison il se trouve, mais il y a un pénitencier fédéral à environ une demi-journée de route d'ici peut-être, dit-elle en haussant les épaules. Ce n'est pas si mal. Je ne vais pas retourner au travail aujourd'hui.

— Je pense que tu devrais poser tout le reste de la semaine, dit-il d'une voix tranquille.

— Je pensais la même chose, dit-elle. Mais je dois y aller et discuter avec mon patron.

— Tu ne pourrais pas l'appeler, à la place ?

Elle se décida, prit son téléphone et l'appela.

— Hé, qu'est-ce qui t'est arrivé ? demanda son patron. Tu ne répondais pas à ton téléphone. Quand tu ne te présentes pas au travail, je m'inquiète.

— Quelqu'un a saboté mon véhicule et m'a ensuite enlevée.

Elle entendit un halètement choqué à l'autre bout de la

ligne.

— Doux Jésus ! s'écria-t-il. Pourquoi ?

— C'est lié au meurtre de ma grand-mère. Je ne suis pas vraiment sûre de comprendre tous les tenants et aboutissants de la situation non plus.

— Ta grand-mère a été assassinée ?

— Je croyais qu'elle était morte dans l'incendie, mais apparemment, quand le feu est arrivé, elle était déjà décédée.

— Quel désastre !

— Exactement, confirma-t-elle. Je vais poser des congés. Je suis assez secouée.

— Pas de problème, dit-il aussitôt. Il te reste aussi plusieurs semaines de vacances, si tu as besoin d'une pause plus longue.

— Je vais y réfléchir. En ce moment, j'ai l'impression que tout est contre moi.

— Avec raison ! Je suis désolé. Tu sais que nous ferons tout pour t'aider. Tu es l'une de nos meilleures employées.

— Que dirais-tu de m'aider à me faire transférer dans un autre bureau ? En ce moment, la Californie et moi ne sommes pas vraiment en odeur de sainteté.

— Ce n'est pas un problème. Nous serions tristes de te voir partir, mais, tant que tu restes dans l'entreprise, ce serait beaucoup plus facile pour tout le monde. Où voudrais-tu aller ?

Elle répondit :

— Je ne sais pas encore.

— Le Nouveau-Mexique embauche. Ce ne serait pas un problème.

— Même poste ?

— Attends, je regarde les postes à pourvoir là-bas.

Un moment plus tard, il gloussa et demanda :

— Que dirais-tu d'une promotion ?

— Il y en a une ?

— Ouaip, chef de laboratoire. Je peux te recommander pour le poste.

— Et il se pourrait que je le prenne, si on me le proposait !

— Eh bien, on va remplir une demande d'inscription, et je peux ajouter une note, disant que tu cherchais à être mutée au Nouveau-Mexique.

— Où ça ?

— Juste à l'extérieur d'Albuquerque. C'est un quartier très agréable.

— D'accord, acquiesça-t-elle. Je ne sais pas s'il faut postuler en interne, ni ce qui est demandé.

— Peu importe ce qu'ils demandent. Je vais le contacter moi-même. Si tu es sûre de toi, j'entends.

— Je ne suis pas sûre, mais j'ai tout perdu ici, et je ne te l'ai même pas dit, mais l'endroit que je louais a été complètement saccagé. Je n'ai plus qu'une valise, et c'est tout.

— Tu sais quoi ? Parfois, quand la vie te fait ce genre de choses, c'est pour t'obliger à te dire que peut-être tu n'étais pas à ta place ici.

— Tant que « pas à ma place » veut dire « pas à ma place en Californie » et pas « pas à ma place sur cette planète », je suis tout à fait d'accord avec toi. C'est pour ça que je me pose la question d'une mutation. Il me faut vivre un nouveau départ.

— Je vais faire ce que je peux. Prends le reste de la semaine, et reviens me voir après ça.

— Merci beaucoup, Scott.

Elle raccrocha, se cala dans son siège et regarda Rowan.

— En fait, il y a un poste. Une promotion possible. Au

Nouveau-Mexique.

— Tu serais tentée ?

— Eh bien, ce serait de la mobilité ascendante, et un meilleur salaire, alors ce serait potentiellement intéressant.

— Tu as aussi dit que tu n'aimais pas les hivers rudes. Le Nouveau-Mexique est un peu en dents de scie. Il y a bien un hiver, mais il n'est pas bien méchant. En prime, Albuquerque est magnifique.

— Je vois. C'est à envisager.

Juste à ce moment, leurs commandes arrivèrent.

— Il nous faudra des récipients à emporte.

— J'ai déjà entendu ça quelques fois. Je vous les ramène tout à l'heure. Voyons d'abord comment vous vous en sortez.

Elle s'en alla et revint avec du parmesan frais dans un grand moulin, et garnit leurs pâtes.

— Waouh ! s'exclama Brandi quelques secondes plus tard. C'est excellent.

— C'est clair. Je ne savais pas qu'il y avait ça au coin de la rue.

— C'est parce que tu es aveuglé par tes burgers, le taquina-t-elle.

— Et les frites, ajouta-t-il. Tu ne peux pas oublier les frites.

AU MOMENT OU ils terminaient de manger, et où leurs assiettes avaient été emportées pour être emballées dans des récipients à emporter, son téléphone sonna.

— Pourquoi ce froncement de sourcils ? demanda-t-elle.

— C'est l'inspecteur. Je dois répondre.

Il décrocha le téléphone qu'il mit sur haut-parleur, et

l'inspecteur lui demanda :

— Comment va-t-elle ?

— Elle s'est blessée à la cheville en sautant de la camionnette des ravisseurs, mais en dehors de ça, tout semble aller. Nous venons de terminer le déjeuner.

— Bien. Voulez-vous venir maintenant faire vos dépositions ? demanda l'inspecteur. Je préférerais, plutôt que d'attendre demain.

— D'accord, dit-il lentement. Avez-vous des informations pour nous ?

— Quelques-unes. L'arme de poing trouvée dans le coffre-fort de sa grand-mère est en règle. Il y a un permis. Son mari l'a acheté plusieurs mois avant d'être tué. Apparemment, il savait que sa vie était menacée. Dommage que cela ne l'ait pas sauvé. De plus, il n'y avait aucune caméra dans la zone où Brandi a été enlevée. Je ne sais pas non plus quand son pneu a été saboté.

— Je vous avais parlé d'un type sur le parking, hier.

— En effet. J'ai trouvé votre e-mail avec sa photo et la plaque d'immatriculation. Nous allons faire des recherches sur les deux. Une fois que nous aurons un nom, nous rechercherons de la famille et des amis dans le coin.

— En plus, maintenant nous savons que ce sont deux types qui l'ont enlevée. Ça explique pourquoi ce n'est pas le même mec que j'ai vu nous suivre ce matin. Son copain a dû se charger de nous surveiller.

— C'est possible, ou, je déteste avoir à le dire, quelqu'un l'a tracée. Je ne sais pas avec qui d'autre elle travaille ni à quel point elle est proche de ses collègues, mais quelqu'un vous a vus à la banque.

— Exact, dit-il en jetant un œil à Brandi. Nous ne connaissons pas encore tous les joueurs.

— Oui, donc… Si vous pouviez venir dans l'heure ?

— Nous viendrons dès que nous aurons terminé ici, commença-t-il, quand soudain il pensa aux animaux. En fait, nous allons rentrer à la maison, sortir les animaux, puis venir. Avez-vous trouvé des preuves dans son appartement ?

— Non. Rien du tout, et il n'y a rien non plus sur les bandes de surveillance de l'immeuble. On voit bien un homme qui marche, mais il a mis un grand manteau et un chapeau.

— Ça ne m'étonne pas.

Quand Rowan raccrocha, B. insista sur un point :

— Et la prison ?

— D'après ce que je sais, ils y travaillent, mais il veut quand même nous voir cet après-midi.

— Exact, pour faire nos dépositions. Eh bien, autant en finir avec tout ça. Mais ce repas copieux m'a assez fatiguée pour que je rêve d'une bonne sieste. Alors faisons-ça d'abord, pour que je puisse m'écrouler ensuite.

— Compris, dit-il. Et les chiens ?

— Il faut d'abord qu'on les sorte, mais on n'est pas partis si longtemps.

Elle regarda sa montre.

— Ça ne fait que quatre-vingt-dix minutes, et il faut encore qu'on s'occupe du pneu.

— Bon, d'accord. Prenons ce pneu, allons voir les flics, et ensuite nous irons voir les chiots.

Quand ils eurent achevé de raconter à l'inspecteur tout ce qui s'était passé ce matin-là et signé leurs dépositions, l'inspecteur ajouta :

— Nous avons repéré une adresse pour le neveu. Vous étiez dans cette zone après avoir échappé à vos ravisseurs, mais il n'y avait personne chez lui. Le propriétaire dit qu'il le lui avait loué pour plusieurs mois et qu'au bout d'un mois, le jeune était parti.

— Quel âge a ce gamin ?

— Il a vingt-sept ans, renseigna l'inspecteur. Donc il n'est plus tout à fait un gamin.

— Et quel âge a l'oncle, ce Steve, en prison pour avoir tué le grand-père de Brandi ?

— La cinquantaine.

— Un lien avec ma grand-mère ? demanda Brandi au détective.

— C'est une bonne question. L'avez-vous déjà rencontré ?

— Je ne connais aucun Steve. Je ne sais pas de qui vous parlez, mais elle n'a eu de relations à long terme avec personne depuis au moins mes dix ans.

Le policier tapota son bureau avec son crayon.

— J'ai parlé à Steve au téléphone. Et c'est ce qu'il a dit.

— À moins qu'il n'ait parlé d'une amitié.

— Je vais peut-être devoir le rappeler.

— Ou nous pouvons aller voir Steve nous-mêmes, suggéra Rowan.

Le détective le regarda d'un air renfrogné. Brandi se pencha aussitôt en avant sur son siège.

— Je pense que c'est une bonne idée. Manifestement, ce Steve veut quelque chose que j'ai, la collection de pièces, mais je ne sais pas pour quelle raison il croit qu'il la mérite ou qu'elle devrait lui appartenir. Et il a peut-être tué mon grand-père, mais certainement pas ma grand-mère, vu qu'il est en prison.

— Malgré tout, le neveu était en ville à ce moment-là.

— J'ai bien compris, mais il reste un mystère à éclaircir. Il est impossible qu'elle ait eu une relation à long terme au cours de ces années où j'ai vécu avec elle.

— Très bien, dit l'inspecteur. Je vais peut-être venir avec vous interroger Steve.

Il tapota le papier devant lui, prit sa décision et décrocha son téléphone. Le temps qu'il raccroche, il s'était arrangé pour qu'ils aillent au pénitencier et rencontrent ce type à une heure de l'après-midi le lendemain.

— Parfait. Où voulez-vous qu'on se retrouve ?

— Au pénitencier. À treize heures demain.

— Très bien, nous y serons, sans problème, confirma Rowan.

Ils se levèrent pour partir, et l'inspecteur demanda à Brandi :

— Est-ce que vous restez en ville ?

— Pour un petit moment, mais je suis en train de me renseigner pour me faire muter. Je ne peux pas dire que tout a été de tout repos pour moi au cours des mois passés.

— J'ai besoin de m'assurer que vous allez rester dans les parages. Nous voulons faire toute la lumière sur cette affaire. Je ne veux pas que vous partiez, encore moins sans me le dire.

— Promis, je n'en ferai rien.

De retour dehors, Rowan lui demanda :

— À la maison ?

— Où que soit la maison maintenant, mais oui, on retourne voir les chiots. Et, en parlant de ça, je veux téléphoner au vétérinaire.

Il conduisit jusqu'au motel pendant qu'elle appelait.

Quand elle réussit enfin à les joindre après trois essais, la réceptionniste lui dit :

— Oh, j'ai essayé de vous appeler ce matin, et, chaque fois que je vous appelle, j'ai un deuxième appel, ou un client qui entre.

— Comment va Lacey ? demanda-t-elle.

— Beaucoup mieux, dit-elle joyeusement. Elle remue la queue. Elle est debout, et elle est alerte.

— Et le chiot ?

— Il ne va pas tout à fait aussi bien, j'en ai peur, répondit la réceptionniste. Toujours vivant, toujours combattant, mais toujours faible.

— On peut venir les voir ?

— J'allais justement suggérer que vous passiez leur dire bonjour.

— D'accord. Il faut juste qu'on sorte les chiots pour qu'ils fassent leurs besoins, et nous venons.

— Vous pourriez amener les petits. Ça pourrait aider Lacey à aller mieux.

— Ça te dit, Rowan ?

— Pourquoi pas ?

CHAPITRE 15

LES CHIOTS ET Hershey installés sur le siège arrière de sa voiture de location, ils prirent la direction de la clinique. Le temps qu'ils arrivent, les petits étaient emmêlés dans leurs laisses attachées à leurs colliers, et aux cordes laissées à l'arrière. Il fallut un moment pour réussir à les séparer, puis ils allèrent à la réception, Hershey calme et silencieux à côté de Rowan. Dès qu'elle les vit, la réceptionniste sourit et leur annonça :

— Le timing est parfait. Lacey vient de se réveiller de sa sieste. Nous sommes sur le point de l'emmener dans l'arrière-cour pour qu'elle fasse ses besoins. Ce sera sa première fois, donc ce sera intéressant de voir comment elle se débrouille sur cette jambe.

À la demande de la réceptionniste, ils firent le tour jusqu'à l'enclos et attendirent que Lacey soit amenée ici. Elle boitilla lentement en sortant, chaque pas lui semblait douloureux. Mais quand elle aperçut Brandi, elle fut si excitée qu'ils eurent peur qu'elle se fasse mal. Brandi se laissa immédiatement tomber devant elle, et tenta de la tenir pour la calmer.

— Oh, mon Dieu, murmura-t-elle, les larmes aux yeux. Tu es si belle !

Elle caressa doucement le labrador et la serra fort. La chienne finit par se calmer et rester allongée dans ses bras.

Elle geignit plusieurs fois, mais Brandi n'aurait su dire si c'était de douleur ou de joie. À ce moment-là, Rowan s'approcha avec les chiots. Et la mère et ses petits eurent droit à de grandes retrouvailles aussi. Évidemment, les chiots se précipitèrent sur ses mamelles et s'y accrochèrent. Lacey s'allongea avec un soupir heureux pendant que les chiots se nourrissaient un peu. Brandi regarda la réceptionniste.

— Ce n'est probablement pas une bonne idée qu'elle les allaite, n'est-ce pas ?

— Sûrement pas, vu ses antibiotiques, mais c'est très réconfortant pour la mère et les chiots.

— Et l'autre chiot ? s'enquit Rowan.

— Elle est encore assez faible.

— Nous devrions peut-être la faire sortir, pour qu'elle soit aussi avec le reste de la famille, suggéra-t-il.

— Je vais demander au vétérinaire.

La femme retourna à l'intérieur, laissant un assistant pour contrôler que Lacey ne se faisait pas mal. Elle revint un peu plus tard avec le troisième petit. Elle la déposa sur le sol près de ses frères, et elle se mit à remuer la queue. Ils vinrent près d'elle, la reniflèrent, la léchèrent, et tournèrent gentiment autour d'elle. Elle devait faire la moitié de leur poids et elle souffrait visiblement, mais elle semblait aller bien mieux que la dernière fois que Brandi l'avait vue.

Elle la prit dans ses bras et la câlina doucement. Lacey sur ses genoux, elle les serra contre elle. Finalement, l'assistant annonça que la petite devait rentrer. Elle hocha la tête, lui rendit le chiot et se leva. Rowan aida à tenir Lacey, et ils la promenèrent dans la cour, pour qu'elle aille aux toilettes. C'était à peu près toute l'étendue de ses efforts physiques. Ils la remirent dans sa cage, et Brandi eut le cœur brisé de laisser Lacey. Même la chienne se coucha, déprimée elle aussi.

— Je vais revenir. Je te le promets de tout mon cœur. En attendant, il faut que tu restes ici et que tu continues de guérir.

Une fois la porte de la cage de Lacey fermée, ils prirent les deux chiots et repartirent. Elle se tenait près de la voiture de Rowan sur le parking, essuyant ses larmes.

— Tout ira bien quand nous pourrons la prendre avec son chiot et les avoir avec nous à plein temps. Je sais que c'est très difficile en ce moment.

— C'est plus que difficile. J'ai l'impression de l'avoir abandonnée une fois de plus.

— Tu sais que ce n'est pas vrai. Nous reviendrons. Elle va beaucoup mieux. Elle a juste besoin de quelques jours de plus, c'est tout.

— Ça me ramène à la fameuse question : *Et ensuite, quoi ?* dit-elle en souriant. Je n'ai même pas d'appartement.

— C'est un peu comme être à l'aube d'un changement majeur, n'est-ce pas ?

— C'est plus que *comme.* C'est un embranchement sur ma route, et je veux partir du bon côté.

— Le chemin que tu prendras en suivant ton cœur sera le meilleur.

Elle acquiesça lentement et le regarda faire rentrer tous les chiens dans la voiture. Elle lui demanda :

— Maintenant, qu'est-ce qu'on fait ?

— Eh bien, je me suis dit que nous pourrions peut-être emmener les animaux au parc, sortir un peu et oublier tout ce qui se passe. Avec un peu de chance, la police fait son boulot et nous rendra les choses beaucoup plus faciles.

— Même l'avocat est mort, mais… commença-t-elle en s'appuyant sur le dossier du siège.

— Mais ?

— J'ai l'impression qu'il faut que j'en sache plus aujourd'hui. Où pouvons-nous obtenir ces informations ?

Elle réfléchit un moment avant de rire.

— Sûrement sur Internet. Ce n'est pas comme si nous étions à court de moyens pour obtenir ce dont nous avons besoin là-bas.

— Très bien. Rentrons à la maison, faisons quelques recherches, puis nous pourrons sortir nous promener.

De retour au motel, elle ouvrit son ordinateur portable, et il fit de même avec le sien.

— Il doit y avoir une preuve de relation quelque part là-dedans, si Steve dit que Grand-mère entretenait une relation à long terme. Je sais que ce n'était pas intime, car j'étais toujours là.

— N'oublie pas non plus que tu n'étais qu'une enfant.

— Elle était seule.

— Ton grand-père a aussi été assassiné.

— Tu crois qu'il y a un lien ?

— Quand deux meurtres se produisent dans la même famille, je ne suis pas sûr que quelqu'un puisse dire qu'ils *ne sont pas liés.*

— C'est possible, dit-elle. Tout à fait possible.

— Tu te souviens de ces lettres dans le coffre-fort ?

Elle le regarda fixement, surprise, puis se leva d'un bond et fila vers son sac à main. Elle revint et en donna la moitié.

— Lisons-en cinq chacun, puis échangeons-les, lisons les cinq autres et partageons ensuite nos conclusions. Ils lurent lentement les lettres, une par une.

— Ce sont des lettres d'amour, dit-elle, quand elle eut terminé. Plut attentionnées de son côté à lui.

— Et elles ont été écrites il y a longtemps. Et le nom du

meurtrier était Steve… quoi ? Steve Bannon ? À ces mots, Rowan s'arrêta, agitant la lettre dans sa main :

— Celle-ci a été écrite par Jeff Bannon.

— Son père, souffla-t-elle. Enfin, c'est ce que nous supposons. Si Steve a la cinquantaine, alors Jeff aurait dans les soixante-dix ans, plus proche de l'âge de ma grand-mère. Oui, et il est fort possible que Steve ait entendu parler de la collection de pièces de monnaie par son père, Jeff, qui a dû la connaître par Mamie.

— Eh bien, ce serait logique, dit-il. Vérifions à nouveau ces lettres.

— On dirait que ma grand-mère était amie avec Jeff. Je doute qu'elle ait été infidèle. Elle a peut-être épousé mon grand-père au lieu de Jeff. Il pensait peut-être que leur amitié mènerait à plus. Ou peut-être que Jeff était ami avec mes deux grands-parents ?

— Tu avais quel genre de relation avec ton grand-père ?

— Je ne me souviens pas de lui, dit-elle tristement. Je n'étais qu'une enfant, je devais avoir dans les huit ans quand il a été tué, et je n'ai absolument aucun souvenir de lui. Peut-être parce que j'étais très jeune ? Je ne connaissais rien de lui avant ça, et, bien sûr, je ne pouvais pas demander à mes parents non plus.

— Bien sûr. Et ces photos ?

Elle les regarda attentivement ; elles étaient anciennes, mais sa grand-mère était là, avec ses bras autour de deux hommes.

— On parie que c'est Jeff Bannon d'un côté de ma grand-mère et mon grand-père de l'autre ? demanda-t-elle.

Elle retourna la photo et lut la note manuscrite, *Robert, Isabella et Jeff.* Elle la tendit à Rowan.

— Eh bien, il est là, le lien.

— Et cela signifie-t-il qu'ils sont apparentés, Jeff, Steve et mon grand-père, ou simplement tous de bons amis ?

— L'un ou l'autre est possible, mais on pourrait penser qu'il s'agit d'un lien plus étroit qu'une simple amitié.

Elle continua de passer les photos en revue, et en trouva d'autres avec les trois. Il y en avait une de Jeff avec un petit garçon.

— Nous avons besoin d'un arbre généalogique des Bannon, dit-elle soudain.

Elle s'assit et entreprit de rechercher des articles sur la famille de Steve.

— Je vais mettre les flics sur le coup, déclara Rowan.

En arrière-plan, elle l'entendit joindre l'inspecteur et lui expliquer ce qu'étaient les photos. Il revint peu après, au moment où elle trouvait un article sur la nécrologie de Jeff.

— Jeff est mort quinze ans avant mon grand-père. Il ne s'est jamais marié.

— Ça ne signifie pas qu'il n'ait pas eu d'enfants.

— Évidemment, mais Jeff avait une sœur, Susan, et elle a eu un enfant nommé Steve Bannon.

— Belle-sœur, alors ?

— Exact. Belle-sœur. Il y avait deux frères Bannon. Bart était marié à Susan. Jeff était célibataire. Celui qui est marié, Bart, a eu un enfant, Steve Bannon, avec Susan.

— Et d'après le message que je viens de recevoir de l'inspecteur, Steve Bannon s'est marié, mais il n'a pas eu d'enfants. Sache qu'aucun de ces individus n'a de lien avec ton arbre généalogique. Ils ne te sont donc pas apparentés.

Il n'a pas fallu longtemps pour trouver d'autres membres de la famille Bannon. Steve avait une plus jeune sœur, née deux ans plus tard que lui.

— D'accord, donc maintenant nous avons Bart, le frère

de Jeff, qui a eu un fils, Steve, et une fille, Rosamund. Elle s'est mariée à quelqu'un et a eu son fils, qui est donc le neveu de Steve. Et si ses parents ont la cinquantaine, alors le fils de vingt-sept ans, le fameux neveu, correspond.

— Bon, alors nous partons du principe que ce type, c'est celui qui attaque tout le monde ? Ou qui a ordonné lesdites attaques ? demanda Brandi. Il a ordonné mon enlèvement ? Il a ordonné les coups de feu ? Il a fait tuer Mamie, son avocat et a saccagé mon appartement ? Mais… il n'a que vingt-sept ans. Cela te semble-t-il possible ?

— Ça dépend s'il a été élevé dans la haine ou s'il s'est retrouvé avec de mauvaises fréquentations. Quelles sont les chances que Jeff ait parlé à quelqu'un d'autre de cette collection de pièces ?

Elle le fixa, déconcertée.

— Mais Jeff est mort il y a trente-six ans. Si quelqu'un d'autre connaissait les pièces à l'époque, pourquoi attendre trois décennies et demie avant de passer à l'action ? Est-ce que ça vaut vraiment cet argent ? Quoique… je suppose que ces pièces prennent de la valeur en vieillissant, plus elles sont anciennes, plus elles valent cher ? demanda-t-elle à Rowan en haussant les épaules.

— Je ne sais pas.

— Nous devrions faire estimer les pièces, mais il n'est pas exagéré de penser que cette collection pourrait valoir des millions de dollars.

— Je n'ai encore rien trouvé en ligne qui évoque les collections de pièces associées à leurs noms. On pourrait croire que, si elle valait des millions, elle serait mentionnée, non ?

— L'inspecteur avait l'intention de contacter quelques experts en ville. Laisse-moi en parler à Badger aussi.

Rowan lui envoya plusieurs messages au sujet de l'arbre

généalogique des Bannon, afin de trouver des informations ou des liens qui leur auraient échappé.

En plus, il nous faut l'avis d'un expert numismate, ajouta-t-il à l'attention de Badger. **Mais je n'ai qu'une photo des pièces. Pourrais-tu nous obtenir une estimation de la valeur de cette collection, ou peut-être juste trouver quelqu'un qui nous dirait que ça ne vaut rien en dehors de sa valeur sentimentale ? J'ai dans l'idée que ça vaut beaucoup d'argent, au vu du reste de la succession de la grand-mère.**

Rowan envoya son dernier message, puis leva les yeux sur Brandi.

— Est-ce que l'un des Bannon avait un casier ?

— Personne n'en a en dehors de Steve. Et c'est lui qui a tué mon grand-père. Donc il a fait ça pour une raison affective, décida-t-elle.

— Ce pourrait être pour n'importe quelle raison. C'est assez difficile à dire, pour l'instant.

— Peut-être, mais je parie que ça a à voir avec ma grand-mère et le père de Steve, Jeff, qui s'aimaient manifestement. Ou du moins, Jeff aimait ma grand-mère.

— Peut-être. Je suppose que nous le découvrirons demain.

Elle se frotta les bras :

— Je ne supporte plus tout ça. Il est temps d'aller faire une promenade.

Il rit, lui tendit la main et proposa :

— Allons-y.

Elle rit à son tour, lui prit la main et acquiesça :

— Prenons un café aussi.

Avec les chiots et Hershey en remorque, ils se dirigèrent vers la porte, cherchant un peu de soleil pour éclaircir la morosité de leur journée.

ALORS QUE ROWAN et Brandi se promenaient, l'homme reçut un SMS. Badger expliquait qu'il était difficile de déterminer la valeur d'une pièce de monnaie à partir d'une photo, mais qu'un expert estimait qu'elle pouvait valoir au moins un demi-million de dollars, voire plus.

— Oh, merde !

Il montra le texto à Brandi.

Elle le regarda en état de choc.

— Comment ma grand-mère a-t-elle mis la main dessus ?

— Je crois que c'est de ça qu'il s'agit. À mon avis, c'était la collection de ton grand-père.

— Tu crois qu'il l'a volé ?

— Nous n'en savons rien.

— Nous n'avons pas non plus d'acte de vente.

— Ce qui ne veut pas dire que ce n'est pas ton grand-père qui l'a amassée tout au long de sa vie.

Elle soupira de soulagement.

— Non, tu as raison. Et même en fonction de l'histoire que ce Steve nous raconte, ce sera une version qui l'arrange, pas nécessairement la vérité.

— Exactement, dit-il. Garde ça en tête quand nous lui parlerons demain, et nous irons au fond des choses.

— Peut-être, mais il y a quand même quelqu'un dehors qui veut me tirer dessus.

— Leur seule raison de faire une chose pareille, c'est pouvoir récupérer leur collection de pièces.

— Ce qui ne serait pas très facile à faire à la banque, dit-elle. Manifestement, je donnerais l'impression d'être sous la contrainte en entrant et en retirant la collection avec les ravisseurs à mes côtés.

— C'est pourquoi il est possible qu'ils trouvent un autre moyen de t'obliger à le faire. Ou de te mettre la pression pour que tu le fasses.

— Comme quoi ? Ma grand-mère est déjà morte.

— Ton chien ?

— Je ne savais même pas qu'elle était en vie, et elle est chez le vétérinaire pour sa convalescence. Espérons que les méchants ne savent pas où se trouve Lacey en ce moment. Comme tu t'occupes des chiots, je ne crois pas que ce sera le cas.

— Très bien. Quelqu'un d'autre pourrait servir à faire pression sur toi ?

Elle secoua la tête.

— Non.

Juste à ce moment, son téléphone sonna. Elle vérifia qui l'appelait.

— C'est Rosie, de mon boulot, dit-elle en riant. Salut, Rosie.

— J'ai entendu dire que tu passais une journée d'enfer, s'exclama la femme.

Rowan entendait l'interlocutrice de son amie, car Rosie parlait très fort.

— Oui, mais ce n'est pas grave. Je me sens mieux. Je vais prendre quelques jours de congé. Je sais que tu n'auras aucun mal à gérer.

— Sans problème, répondit l'autre femme en riant. J'appelais juste pour prendre des nouvelles, m'assurer que tu allais bien.

Et elle raccrocha.

— Qui est Rosie ?

— C'est une femme embauchée assez récemment. Elle est charmante. Elle essaie toujours de materner tout le monde. Elle apporte des biscuits et des gâteaux, puis elle avertit mon patron qu'il a pris trop de poids et qu'il va finir par avoir des problèmes s'il n'en perd pas un peu.

Rowan leva les yeux au ciel en l'entendant.

— C'est le genre de choses qui peut vite devenir lassant.

— Je crois que c'était aussi l'avis de mon patron. Pourtant, elle est adorable.

— Bien, dit-il. Il te faut des gens sympas à tes côtés.

— Je suis bien d'accord.

Ils passèrent le reste de l'après-midi avec les chiots, et Hershey, évidemment, dans le parc. C'était paisible et tranquille. Rowan continuait de surveiller la zone pour s'assurer que personne n'était à leurs trousses, et qu'ils n'étaient pas suivis. De ce qu'il pouvait en juger, il n'y avait pas de tireur embusqué. Il fut plutôt ravi quand ils retournèrent au motel sans essuyer le moindre incident.

— Ça, dit-elle, c'était amusant.

— Effectivement, répondit-il en riant.

— Je sais bien que l'heure du dîner approche, mais je suis tellement rassasiée par le déjeuner que je ne peux plus manger aujourd'hui.

— Quoi, pas de hamburgers ? demanda-t-il, taquin.

Elle éclata de rire.

— C'est bon. J'ai assez de restes de spaghetti pour ne pas avoir de souci à me faire de toute manière.

— Il est déjà dix-neuf heures. C'est passé si vite !

— C'est comme ça quand on s'amuse ! dit-il en s'asseyant sur le canapé, où il la cala contre lui. En plus, c'était bon pour nous.

— Dans quelle mesure ? murmura-t-elle, la tête contre son torse, les bras mous contre ses flancs.

— Es-tu en train de t'endormir sur moi ?

— Non, répondit-elle. Je ne suis pas si endormie que ça.

— Bien, dit-il. C'est chouette de passer du temps ensemble.

— Ça fait un bout de temps que je n'ai pas eu de relation, murmura-t-elle. Au moins six mois.

— Idem, dit-il, mais, pour moi, ça doit faire plutôt un an.

— J'ai essayé de sortir avec quelqu'un après ça, mais je n'ai pas eu de déclic. Je n'ai pas apprécié le dernier type avec qui je suis sortie, expliqua-t-elle. Il était trop jeune pour moi.

— Immature ou simplement jeune ?

— Les deux ! Il était irréfléchi et arrogant. Ce n'était pas une relation. Ce n'était qu'un rendez-vous. Je l'ai rencontré par quelqu'un du travail. Par, euh… eh bien par Rosie, en fait. C'est le fils de Rosie. Et je crois qu'elle espérait qu'on se mette ensemble et qu'on démarre une relation, mais ça n'a pas fonctionné.

— C'était quoi, son problème ?

— Je ne sais pas. Il était plutôt du genre homme à femmes, ce qui ne m'intéressait pas.

— Je comprends. Eh bien, je ne suis pas un homme à femmes. Est-ce que cela signifie que tu pourrais être plus intéressée par moi ?

Il la sentit se raidir dans ses bras quand elle se tourna lentement pour lever les yeux sur lui.

— J'étais à peu près sûre qu'on avait déjà compris que tu m'intéressais, dit-elle, mais ça pourrait être une bonne idée de s'assurer qu'on est sur la même longueur d'onde.

— Absolument !

Il tendit la main, lui donna une légère pichenette sur le nez et dit :

— J'ai déjà suggéré que tu déménages au Nouveau-Mexique. Au moins, comme ça, non seulement nous pourrions être ensemble, mais les chiens aussi.

Elle éclata de rire.

— Alors c'est la seule raison pour laquelle tu veux que j'aille au Nouveau-Mexique ? Pour que les chiens ne soient pas séparés ?

— Ça me semble être une bonne raison, dit-il avec un sourire en coin.

Lorsqu'il voulut lui donner une autre tape sur le nez, elle lui attrapa le doigt.

— Je pense qu'il doit y avoir plus que ça dans une relation.

— Comme quoi ? demanda-t-il en se calant dans le canapé.

Elle se déplaça pour s'étirer à côté de lui.

— Eh bien, il doit y avoir de la loyauté, de l'honnêteté, de la sincérité, tu vois ? Tous ces trucs sympas.

— Eh bien, c'est tout moi, dit-il en souriant, je suis loyal, honorable, sincère.

— Bien, dit-elle. Cela m'irait bien après ce cauchemar. Et c'était ma grand-mère, c'est comme ça que j'ai été élevée.

— Exactement. Et puis bien sûr, ajouta-t-il, il faut un autre élément.

— Qu'est-ce que c'est ? demanda-t-elle avec un sourire malicieux.

— Que penses-tu de cette étincelle ? Cette connexion spéciale entre deux personnes qui s'apprécient et qui ont envie de franchir une étape supplémentaire dans leur relation.

— Ah. *Cette* étincelle.

Il la fixa un long moment, attendant qu'elle réponde. Mais elle était occupée à étudier son torse. Et quand il fut sur le point de dire quelque chose, elle releva lentement la tête, le regarda, sourit et lui dit :

— Eh bien, je ne pense pas que ce soit un problème, si ?

Il sourit.

— Je n'en suis pas certain… Peut-être devrions-nous faire un essai ?

— Tu crois ça ?

Elle se pencha vers lui et lui donna le plus léger et doux des baisers. Quand elle commença à reculer, il l'agrippa par la nuque et l'attira lentement contre lui. Quand elle l'embrassa la deuxième fois, c'était un peu plus profond, un peu plus long, mais c'était toujours un baiser pour le taquiner, pas un vrai.

— Maintenant, que dirais-tu d'un véritable baiser ?

— Ah, murmura-t-elle en frottant doucement le bout de son nez contre le sien, laissant la chaleur de son souffle dériver sur ses yeux et ses joues, tu veux dire, comme ça ?

Elle se pencha, et mit toute son âme dans le baiser suivant.

CHAPITRE 16

BRANDI NE SEMBLAIT pas vraiment être le genre de femme à faire des avances comme ça. Mais pas ce soir. Et il donnait l'impression d'espérer, comme s'il cherchait plus que son simple acquiescement. Elle l'embrassa tendrement, puis de plus en plus profondément, sa langue glissant sur les bords de ses lèvres. Puis elle plongea pour faire la guerre à la sienne, avant de ressortir encore.

Il poussa un grognement bas, glissant les doigts dans ses longs cheveux, la tirant plus près de lui. Quand elle reprit enfin son souffle, son regard était flou, puis il s'assombrit.

— Oui, chuchota-t-il. Exactement comme ça.

Elle glissa une main le long de son cou jusqu'à l'ouverture de son t-shirt.

— Normalement, dans des cas comme celui-ci, je dirais qu'on porte trop de vêtements.

— Je suis d'accord. Je suppose que la question est : es-tu prête à aller au lit ?

— J'ai bâillé tout l'après-midi. J'étais prête à aller me coucher.

Il eut un rire bref, se releva brusquement du canapé, et la souleva d'un mouvement qui la fit crier et enrouler ses bras autour de son cou alors qu'il la portait dans la chambre. Il ferma la porte d'un coup de pied pour empêcher les chiots d'y entrer. Alors qu'elle était toujours dans ses bras, elle se pencha, attrapa les draps et les tira en arrière, et il la laissa tomber au milieu. Elle gloussa.

— Tu parles d'un homme d'action !

— C'est tout moi, dit-il d'un air suffisant. Cependant, si j'avais compris que tu étais prête pour ça plus tôt cet après-midi…

— Nous étions un peu occupés.

— Juste un peu ?

— D'accord, très occupés.

— Et souviens-toi. C'est toi qui as dit que nous avions trop de vêtements sur nous.

Il avait déjà retiré ses chaussures et se laissa tomber pour s'asseoir sur le côté du lit, où il ôta ses chaussettes, passa son t-shirt par-dessus sa tête, puis se leva pour attraper la ceinture de son jean. Le temps qu'il se retourne, elle était assise sur le lit, les jambes croisées, complètement nue. Il resta debout à la contempler, le souffle coupé.

— Tu aimes ce que tu vois ? dit-elle avec un sourcil arqué.

Elle se releva lentement sur le lit, face à lui.

— Parce que moi, je suis plutôt ravie de ce que je vois. Un véritable guerrier.

Elle le regarda, en commençant par ses pieds, remarquant la prothèse sans le moindre tressaillement, glissant sur son jean pour étudier sa poitrine balafrée, puis elle le regarda jeter rapidement son jean et son boxer.

— Et moi qui pensais que la femme ne se souciait pas des apparences et que tout était question de l'âme de l'homme.

— Oh, absolument. Elle se glissa du lit et noua ses mains derrière son cou. Mais je suppose que je suis superficielle. Parce que, tu sais quoi ? Il y a un homme sacrément viril sous mes yeux, et j'ai l'intention de profiter de chaque centimètre de lui.

Sa main atteignit son érection, palpitant contre leurs corps.

— On dirait bien que *ceci* a besoin d'un peu d'attention.

Et elle le frotta doucement, le plaquant contre son bassin, le caressant.

— Tu es une diablesse ! gémit-il.

— Absolument. La bonne nouvelle, c'est que je n'ai pas l'intention de me contenter de nous torturer. Je suis tout à fait pour l'extase.

Elle recula d'un pas et tira plus loin les couvertures, s'allongea et tendit les bras.

— Tu veux te joindre à moi ?

IL ETAIT RARE pour lui de voir une femme aussi à l'aise, aussi à l'aise dans sa sexualité brute. Elle n'était pas agressive, mais elle était sur un pied d'égalité avec lui. Il se glissa dans le lit à côté d'elle et s'allongea sur le dos, ne sachant pas à quel point elle voulait se montrer entreprenante. Mais il avait du mal à ne pas prendre les choses en main, car ses seins réclamaient son attention. Ils étaient si parfaits et fermes, juste un peu plus gros que sa main, pulpeux. Elle avait une taille fine, un ventre plat, des hanches larges, et ses jambes s'étiraient à l'infini.

Il la retourna sur le dos et poussa un soupir de joie en tendant une main pour caresser son sein gauche, avant de se pencher et de prendre le mamelon dans sa bouche. Elle se cambra sur le lit et poussa un cri tandis qu'il faisait vibrer la pointe sensible contre son palais. Il sut que leur nuit allait être intense, tant elle était sensible. Il l'embrassa et la taquina, tandis que ses doigts la narguaient, la caressaient et l'apaisaient. Elle cria, exigeant davantage, puis elle le retourna sur le dos et se mit très vite à le taquiner à son tour.

Elle était explosive au lit, et il ne pourrait pas s'en lasser.

Le temps qu'elle se place à califourchon sur lui et qu'elle s'abaisse sur son sexe, il gémissait déjà, s'accrochait à ses hanches et essayait de pousser vers le haut, mais elle ne le laissa pas faire.

— Non. C'est moi qui donne le rythme, pas toi.

— Sorcière.

— Enchanteur, murmura-t-elle à son tour en commençant à le chevaucher.

Il prit sa hanche, alors qu'il s'efforçait de ne pas prendre la direction de leurs ébats. Mais elle accomplissait déjà un excellent travail, et sa tête oscillait d'un côté à l'autre tandis qu'il rugissait à l'intérieur, conscient qu'il allait bientôt avoir un orgasme, qui le transpercerait à tout moment.

— Je te veux avec moi.

— Je croyais que c'était ma réplique, le taquina-t-elle en riant.

Cet humour le surprit, et il n'en apprécia que plus encore leurs ébats amoureux. Être capable de le taquiner à cet instant ? C'était génial. Il secoua la tête, faisant glisser son doigt et son pouce à travers ses replis doux, pour trouver le petit bourgeon sensible. Elle faillit crier quand il le trouva, et elle intensifia son rythme, jusqu'à ce qu'il devienne effréné. Finalement, il eut un frisson et ne put se retenir. Il l'attrapa par les hanches et la fit descendre sur son membre, et il remonta une fois, deux fois, et elle cria. Son orgasme le transperça, alors même qu'elle s'effondrait sur lui. Il resta allongé, complètement couvert de sueur, le corps tremblant, se demandant ce qui venait de se passer.

— Je ne veux pas bouger.

— Je ne peux pas bouger, murmura-t-il. Si tu en es capable, tu es bien meilleure que moi.

— Mon chéri, « meilleur », ça n'existe pas dans ce genre
de circonstances. Je suis juste cent pour cent heureuse d'être
ici en ce moment.

— Je ne pourrais pas être plus d'accord. Je sais que ce
n'est pas l'heure du coucher, mais, bon sang, tu m'as épuisé.

— C'est très bien. Tu peux faire une sieste réparatrice
d'une demi-heure.

Il la regarda, surpris.

Elle reprit :

— Nous avons toute la nuit.

CHAPITRE 17

BRANDI SE REVEILLA aux petites heures du matin avec une main plaquée sur sa bouche. Elle ouvrit grand les yeux sur Rowan debout avec son jean, qui avait plaqué *sa* main sur sa bouche, chuchotant à son oreille :

— Nous avons de la visite. Habille-toi.

Brandi le regarda et fronça les sourcils. Il brandit le SMS qu'il avait reçu de Badger. Le téléphone s'alluma sur les mots **Bouge maintenant.**

Elle se précipita immédiatement hors du lit, tandis que Rowan lui remettait ses vêtements. Elle s'habilla en vitesse, enfila ses chaussures et murmura :

— Nous n'avons nulle part où aller.

— Je sais.

Il avait aussi amené Hershey et les chiots dans la chambre. Le chien fixait la porte de la chambre, les poils du cou hérissés. Les chiots ne faisaient que japper doucement, se mordillant mutuellement. Elle les calma rapidement, même s'ils ne faisaient que jouer. Avec Hershey, il n'y avait absolument aucun moyen de savoir que quelque chose se tramait, sauf qu'il était sur le qui-vive.

Quand elle fut habillée, Rowan fit un geste vers le placard. Elle entra aussitôt dans le placard, et il lui tendit les chiots. Elle referma partiellement la porte. Comprendre qu'il essayait de la protéger, mais que cela le mettait en danger, ne la rendait pas plus heureuse. Toutefois, elle comprenait.

La porte de la chambre donnant sur le salon était légèrement ouverte et elle entendit quelqu'un trafiquer la porte d'entrée. Elle fronça les sourcils. Puis il y eut un déclic, et Hershey poussa un grognement profond venu du fond de sa gorge. Mais Rowan posa la main sur le museau du chien qui se tut immédiatement. Ils attendirent, tous les deux derrière le lit, la porte de la chambre entrouverte, elle et les chiots dans le placard.

Des pas traversèrent le salon et elle se rendit compte que l'intrus n'était pas seul. Elle entendit distinctement d'autres pas. Elle avait son téléphone dans sa poche. Elle ne savait pas quelle heure il était, mais au vu de la lumière extérieure, il devait être au moins cinq heures. Les intrus espéraient manifestement les surprendre en plein sommeil.

Et c'était peut-être Hershey, à moins que ce ne soit Badger, elle n'en savait rien, mais quelqu'un les avait réveillés.

— Ils devraient être au lit.

— *Chut.*

— Va te faire voir ! répondit l'autre homme tout aussi bas.

La tête inclinée, étudiant les voix, elle se demanda si ce n'étaient pas les deux types qui l'avaient enlevée. Cela leur ressemblait. Quand la porte de la chambre s'ouvrit très lentement, elle entendit le bruit d'un pistolet que l'on arme. Puis plusieurs coups furent tirés directement dans le lit. Elle regarda stupéfaite, le poing dans la bouche, essayant de ravaler les cris qui menaçaient de s'en échapper. Et d'un coup, les tirs cessèrent.

Elle ne voyait ni Rowan ni le chien ; de toute évidence, ils n'avaient pas encore attaqué. Elle espérait qu'ils étaient cachés en attendant une opportunité, pas… morts. Puisque

Rowan était désarmé, elle ne voyait pas comment s'en sortir sans que quelqu'un soit blessé. Elle tenait les chiots dans le paquet de couvertures que Rowan avait ramassé et jeté à ses pieds. Elle les câlina doucement tous les deux. À présent ils étaient apeurés et enfouis profondément dessous, ils se cachaient. Elle aurait voulu pouvoir faire la même chose.

Puis l'un des hommes parla.

— C'est quoi ce bordel ? Il n'y a personne ici.

— Ils sont censés y être. Il a dit qu'ils seraient là.

— Ou qu'il n'était pas certain qu'ils seraient là, répliqua l'autre.

— Tout était arrangé. On est là. On a tiré. On est payés.

— Dans ce cas, il n'y a pas de paiement. Tu te souviens ?

— Oui, eh bien, il devrait y en avoir. C'est notre deuxième fois déjà.

— D'après lui, on a merdé lors du kidnapping, alors on lui devait bien ça.

— Eh bien, si, au début, il voulait la kidnapper, pourquoi veut-il la tuer désormais ? Il ne peut pas obtenir ce qu'il veut d'elle si elle est morte, n'est-ce pas ?

— Il veut qu'elle soit blessée, pour pouvoir obtenir des informations. Je pense qu'il prévoit de la tuer après ça. Elle peut nous identifier.

— C'est possible. Peu importe. Elle n'est pas là. La question est : pourquoi n'est-elle pas là ? Comment peut-on se retrouver avec d'aussi mauvais renseignements ?

— On est peut-être dans la mauvaise chambre.

— On ne peut pas prendre de risques. Quelqu'un a dû entendre nos coups de feu. Il faut qu'on sorte d'ici.

— Il sera furieux.

— Je me fous de lui. C'est Steve qui est dangereux. Honnêtement, sa mère est aussi très effrayante.

— Je crois que le gamin est aussi dangereux.

— Peut-être, mais il n'est pas notre problème. Je vais quitter la ville après ça.

Et immédiatement, des bruits de pas s'entendirent dans la chambre du motel ; les tireurs étaient donc en train de partir. Puis B. entendit Rowan ordonner à Hershey :

— Attaque !

Elle bondit hors du placard à temps pour les voir se lancer à la poursuite des deux tireurs, qui tentaient déjà de sortir par la porte d'entrée. Mais, alors que Hershey terrassait le premier, Rowan s'attaqua au second, et des coups de feu furent tirés, sans qu'elle sache si quelqu'un avait été touché. Puis il y eut des cris et des hurlements, Rowan ordonnant à son prisonnier de fermer sa bouche, et un violent coup sourd. Elle se précipita dans la pièce de devant, allumant les lumières au passage, et vit Hershey cramponné à l'épaule d'un homme qui hurlait sur le sol, mais son partenaire était inconscient. Il avait rencontré les poings de Rowan.

— Peut-être que tu peux aussi assommer celui-là.

— Non.

Il fit en sorte qu'Hershey relâche sa prise sur l'épaule du gars. Puis il attrapa l'étranger, l'assit contre le mur et le prévint :

— Non, tu vas parler, ou je laisse le chien s'occuper de toi.

— Seigneur ! Il me faut une ambulance. Vous ne pouvez pas faire ça.

— Je ne peux pas faire quoi ? Tu es venu dans ma chambre de motel, et tu as tiré sur mon lit, pour essayer de me tuer. Ce n'est pas de ma faute si mon chien t'a attaqué pour me défendre.

Le gamin se mit à pleurnicher.

— Je ne voulais pas faire ce boulot.

— Alors pourquoi l'as-tu fait ?

— Parce que ce foutu gosse a dit que Steve nous choperait si on ne le faisait pas. On lui a volé des trucs il y a un bout de temps, et il est plutôt furieux après nous.

— Je suppose que tu parles de Steve et de son neveu.

— Neveu ? C'est son neveu ? Je croyais que c'était son fils ?

— Je suis presque sûr que c'est son oncle qui est en prison, dit patiemment Rowan. Ce qui fait que le gamin est le neveu de Steve.

— Oui, son oncle est un mec effrayant, concéda le tireur.

— Eh bien, vu qu'il a assassiné quelqu'un, ouais... Et évidemment, comme vous avez essayé de faire la même chose, vous allez le rejoindre en taule. Tu pourrais devenir son nouveau petit pote de prison.

— Bon sang non ! Ce type est un mec vraiment très effrayant.

— Peut-être qu'il veut un joli petit garçon dans son lit, et il te connaît déjà...

Le môme se mit à pleurer.

— Mon Dieu, non, s'il vous plaît, non !

— En plus, tu sais pourquoi il a tué le vieil homme ?

— Pour de foutues pièces de monnaie. Le gamin ne parle que de ça. D'après lui, les pièces sont censées être dans sa famille, lui appartenir.

— Pour quelle raison seraient-elles à lui ? Et où est sa mère ? Est-ce qu'elle fait partie de tout ça ?

— Eh bien, elle est dans le coup. Elle est aussi dingue que l'oncle. Toute cette famille est un cauchemar.

— Si tout est relié à ces pièces, pourquoi pensent-ils

qu'elles leur reviennent ?

— Je ne sais pas.

— Steve disait qu'elles auraient dû être à lui et que ce n'était pas le cas. D'une manière ou d'une autre, ce vieil homme a mis la main dessus, et c'est tout. Steve a longtemps laissé bouillir sa colère jusqu'à ce qu'il puisse tuer le vieil homme, mais il l'a fait. Il nous a tout raconté. Et puis le gamin nous a raconté, et sa mère aussi, que ce vieil homme a escroqué les pièces à Steve. Mais je ne sais pas si c'est la vérité ou non.

— Il l'a escroqué ?

— Oui, ils étaient censés avoir les pièces tous les deux, ou un truc comme ça. Je ne sais pas. Personnellement, je crois que les pièces appartenaient probablement au vieil homme, et qu'ils ont cru pouvoir les lui prendre, mais, quand ils l'ont tué, ils ne les ont pas trouvées.

— Je serais plutôt de cet avis aussi, répondit sèchement Rowan.

— Alors, tu vas me laisser partir, n'est-ce pas ? demanda-t-il en regardant Hershey. Tu vas garder ce satané chien loin de moi ?

— Pourquoi ferais-je une chose pareille ? demanda Rowan. Je vais appeler les flics et te livrer, parce que tu as déjà essayé de nous tuer une fois.

— Mais c'était aussi le gamin qui nous donnait des ordres, en disant que Steve nous attraperait si nous ne le faisions pas. Et sa satanée mère dit que Steve sortirait bientôt de prison et qu'il nous traquerait si nous n'obéissions pas. Et que nous leur étions redevables.

— La mère a l'air d'être une vraie cinglée.

— C'est le cas. Je crois que ça vient de ses efforts pour être très gentille et amicale tout le temps, à l'extérieur, mais, à l'intérieur, c'est une sacrée détraquée.

— Oui, on dirait bien. À ce moment-là, le second type qu'il avait assommé bondit sur ses pieds et se précipita vers la porte d'entrée.

— Rowan ! cria Brandi.

— Hershey, cours ! ordonna-t-il.

Un coup de feu retentit.

Rowan était déjà à la porte d'entrée, ordonnant à Hershey de revenir.

Le chien suivit son entraînement, se laissa tomber au sol, puis revint immédiatement. Brandi jeta un coup d'œil par la fenêtre et aperçut une femme et un jeune homme qui sortaient d'un véhicule et se dirigeaient vers eux, tous deux armés de pistolets. Ils étaient trop loin pour être vus clairement dans l'obscurité qui précède l'aube.

— Génial, s'exclama Rowan. Voilà ta patronne folle à lier et son fils.

Hershey rentra précipitamment dans la chambre.

Elle vit le tireur blêmir.

— Ils vont nous tuer ! cria-t-il, paniqué. Ils vont nous tuer !

— Je crois que ton ami est déjà mort, lui dit-elle calmement.

B. avait appelé le 911, mais elle ne s'attendait pas à ce qu'ils arrivent à temps. Et même maintenant, elle essayait d'envoyer un message à l'inspecteur.

Elle leva les yeux sur Rowan qui reculait, mains en l'air.

Une femme lui ordonna :

— Fais demi-tour et rentre.

Il se tourna, la regarda, fit un geste vers la chambre.

— Vas-y, et prends Hershey, siffla-t-il.

Elle attrapa immédiatement le collier du chien, et ils

foncèrent tous les deux. Elle referma la porte sans la verrouiller.

— Oh, voilà qui est intelligent, constata la femme, dont la voix était plus proche, en entrant dans la chambre de motel.

Brandi avoir reconnu cette voix, mais n'arrivait pas à la resituer.

— Il est temps de faire le ménage à nouveau.

Un autre type parla, celui qui était arrivé avec elle, et il s'adressa au tireur qui restait.

— Quel idiot ! Je t'avais demandé de t'en occuper.

— J'ai essayé. J'ai essayé.

Pan.

Brandi hoqueta, le cœur au bord des lèvres. *Mon Dieu, ils ont tué les deux tireurs ? Comment est-ce possible ?* Ce cauchemar ne semblait pas vouloir prendre fin. Puis elle s'inquiéta que ce soit sur Rowan qu'ils aient tiré.

Son cœur se remit à battre quand elle entendit sa voix, calme, posée. Il demanda :

— Rosie, je présume ?

Brandi se figea dans la chambre, puis ouvrit la porte et sortit en trombe.

— Bon sang, Rosie ?

Et sa collègue de travail était là. La femme maternelle, toujours en train d'engueuler les gens au sujet de leur vie amoureuse, leur poids et leur alimentation. Brandi fixa Rosie, horrifiée.

Celle-ci leva son arme et lui dit :

— Te voilà. Une si douce et pieuse petite garce.

— Qu'est-ce que… ? demanda-t-elle.

Elle baissa les yeux sur le sol taché de sang. Puis elle s'écria :

— Bon sang, tu l'as tué ?

— Eh bien, je n'avais pas le choix.

— Oui, il s'est planté deux fois, dit le gamin à côté d'elle.

— Eh merde !

Puis elle fit une croix sur son nom ; elle ne savait même pas quoi dire.

— Je suppose que c'est le fils de Rosie, qui a essayé de sortir avec toi ? demanda Rowan d'une voix autoritaire.

Il avait les bras croisés et s'appuyait contre le mur.

Elle l'observait, avec son attitude nonchalante, complètement déconcertée de le voir aussi calme. Elle avança de plusieurs pas.

— Vraiment ? Tout ça pour une collection de pièces de monnaie ?

Le gamin la regarda et ricana.

— Cette collection de pièces vaut des millions.

— Pourquoi penses-tu qu'elle est à toi ?

— Parce qu'elle appartient à celui qui la trouve, dit calmement Rosie. J'en ai entendu parler, et mon frère, Steve, était censé la récupérer après avoir tué ton grand-père, mais nous ne l'avons pas trouvée. Ton grand-père est mort en se moquant de nous.

— Tous ces meurtres, c'est pour une chose dont tu as « *entendu parler* » ?

— Mon frère l'a vue !

— Des photos en tout cas. Notre oncle Jeff était vraiment très ami avec ton grand-père. Il n'a jamais pu oublier ces pièces. Mais il savait qu'elles n'étaient pas pour lui. Alors que mon frère, Steve, et moi, eh bien, nous nous sommes dit que cette collection était la nôtre. Elle aurait dû être à nous. Ce n'était pas comme si ton grand-père en avait eu besoin. Il était censé nous la donner, mais il a refusé. Il est mort en emportant dans la tombe le secret sur l'emplacement des pièces.

— Et ma grand-mère ? Après toutes ces années, vous l'aviez laissée tranquille, et puis vous êtes revenus pour la tuer ?

— Eh bien, après que mon frère a été accusé du meurtre de ton grand-père, il est allé en prison. Je ne pouvais pas faire grand-chose jusqu'à ce que le petit garçon ici présent grandisse. Nous avons pensé le faire plus tôt, et puis j'ai rendu visite à mon frère qui m'a dit qu'il allait sortir bientôt.

Elle leur adressa un sourire qui donna des frissons à Brandi.

— Mon frère avait besoin d'un nouveau départ, et j'avais besoin des millions pour moi et mon fils. Alors nous avons pensé que si nous pouvions enfin mettre la main sur cette fichue collection de pièces, nous pourrions tous les trois quitter cet endroit et recommencer à zéro. Tout cela faisait partie du plan de Steve, lorsqu'on lui a annoncé de façon inattendue qu'il allait bientôt sortir. Nous pensions le faire pendant qu'il était encore en prison, pour ne pas qu'il soit soupçonné. Nous allons partager l'argent. Je ferais tout pour aider mon fils. Il a besoin d'une meilleure vie que celle qu'il a eue. Il mérite mieux. Mon frère aussi.

Rowan fixa la femme qui avait perdu l'esprit, et secoua la tête.

Elle lui adressa un sourire narquois.

— Et tu te croyais tellement intelligent.

Brandi hurla :

— Tu as assassiné ma grand-mère ?

Rosie haussa les épaules.

— Et tu sais quoi ? Je pense que cette vieille garce savait, lorsque nous avons franchi la porte, que nous la tuerions. Je lui ai dit que nous recherchions la collection de pièces de monnaie. Elle nous a regardés d'un air surpris, et elle a avoué que son mari était mort en emportant le secret sur son emplacement.

— Et tu ne l'as pas crue ?

— Eh bien, si, jusqu'à ce qu'elle commence à me rire au nez. Elle était appuyée contre le comptoir de la cuisine, une tasse de thé à la main, et je me suis approchée et l'ai frappée au visage. Je l'ai traitée de garce et il se peut que je lui aie balancé d'autres insultes aussi.

Le cœur de Brandi se brisa à l'idée de ce que sa grand-mère avait vécu. Et qu'elle n'en ait rien su pendant tout ce temps.

— J'ai ramassé ce fichu couteau qu'elle avait sur le bloc à découper à côté d'elle, et je l'ai poignardée en plein dans la poitrine. Elle n'a même pas fait de bruit. Elle m'a juste regardé fixement pendant que le couteau s'enfonçait, puis elle s'est lentement affaissée sur le sol. Je n'arrivais pas à y croire. C'était la folie, avec tous les feux de forêt dans la région, et tout le monde faisait ses bagages et essayait de partir, je me suis dit que c'était le moment idéal pour cacher mes traces.

— Tu l'as laissée brûler ? Brandi avait l'impression de ressentir la souffrance des dernières heures de sa grand-mère.

— Oh que oui ! J'ai versé autour d'elle autant d'huile et de graisse que j'ai pu trouver dans la cuisine pour m'assurer qu'elle brûle très fort. Elle était dans le coin arrière, où se trouvait la cuisine, et sa chambre était directement au-dessus. Après coup, j'ai réalisé que j'avais laissé le couteau dans sa poitrine, alors nous sommes allés fouiller la maison, mais nous n'avons rien trouvé.

— Pourquoi ? Tu as dit que c'était un couteau de cuisine trouvé sur le comptoir.

— Oui, c'est le cas. Mais ensuite, parce que j'étais tellement en colère, j'ai pris le couteau que mon grand-père m'avait donné, et je l'ai plongé aussi dans sa poitrine. Dans mon excitation, j'ai oublié le deuxième couteau. *Mon* couteau. J'ai donc fini par retourner chercher le couteau de mon grand-père, mais le corps avait été enlevé et il n'y avait plus rien à trouver. Nous avons balayé tout ce que nous pouvions et ensuite essayé de couvrir nos traces, mais je n'ai jamais trouvé l'arme.

— Parce qu'elle est au bureau du légiste, répondit tranquillement Brandi. Ils seront ravis d'apprendre d'où il vient.

— Ça n'a pas d'importance, fit Rosie. Il n'en reste probablement rien.

— Juste la lame de métal. Et elle était assez endommagée à ce moment-là.

— Bien sûr, ce n'est pas comme si le métal pouvait supporter ce genre de chaleur.

— Mais il peut encaisser beaucoup de choses, lança Brandi. Le légiste a bien affirmé que ma grand-mère avait été assassinée. Le couteau a été retrouvé, tout comme les dégâts que tu as causés, et donc l'incendie n'a pas caché toutes tes traces.

— Non, mais ça a éliminé toutes les preuves médicolégales. Alors qu'est-ce que ça peut me faire ?

— Peut-être qu'ils peuvent encore découvrir quelque chose pour te mettre hors d'état de nuire.

— Que tu crois ! Tu as eu la vie trop facile, toute ta vie.

— Non ! s'exclama Brandi. Je n'ai absolument pas eu la vie facile. Mais j'avais une grand-mère très aimante, et tu m'as enlevé ça.

— Oh que oui, sale garce ! éructa Rosie. C'était tellement pénible de travailler avec toi. J'ai dû me recycler pour
obtenir ce foutu poste de réceptionniste.

— Pourquoi ? demanda-t-elle. Pourquoi te donner tout
ce mal ?

— Pour commencer, j'avais besoin d'un travail parce que
nous n'avions pas de collection de pièces à un million de
dollars, et j'espérais que mon fils pourrait se rapprocher de
toi, et que tu lui en parlerais. Nous avons aussi fouillé ton
appartement, mais il était froid et stérile. Le temps pressait,
et ces deux imbéciles te suivaient, te tiraient dessus,
t'envoyaient des SMS, te menaçaient, en espérant que tu te
confierais à moi sur ce qui se passait dans ta vie. À moi, ou à
mon fils, continua-t-elle. Mais tu n'as pas voulu mordre à
l'hameçon. On a même renvoyé les gars chez toi pour tout
détruire, dans l'espoir de t'effrayer encore plus. Et pour
suivre ton amant. On l'a viré juste après que ton pote l'a
grillé et ait pris des photos de lui. Imbécile. Il n'était pas non
plus censé te tirer dessus sur les collines, mais il s'est dit que
ça te secouerait et que tu te tournerais vers mon fils pour te
protéger.

Elle ricana.

— En fait, tout ce qu'il a fait, c'est te jeter dans les bras
de ce type. Je t'ai pourtant proposé de t'installer avec moi,
mais c'est comme si tu ne m'avais pas entendue. Je me suis
dit qu'au moins tu reconnaîtrais le protecteur en mon fils et
que tu lui demanderais de l'aide, mais tu n'as pas fait ça non
plus.

— Ça n'a pas marché entre nous, souffla Brandi. Je
n'aurais pas de second rencard avec lui, et alors quoi ?

— J'ai décidé de m'en prendre à ta grand-mère. Et
comme ça n'a pas fonctionné, on s'en est de nouveau pris à

toi. Tu vois ? Nous sommes à bout. Nous sommes aussi un peu désespérés.

— Eh bien, tu as laissé beaucoup de corps derrière toi, rappela Brandi avec amertume. Rien de tout cela ne compte pour toi.

— Non, pas le moins du monde, et nous venons même d'en ajouter deux à la liste. Des gamins inutiles. Je croyais qu'ils seraient bien meilleurs que ça, mais quand on veut qu'un boulot soit bien fait, mieux vaut le faire soi-même.

Elle souleva l'arme d'un geste désinvolte et la pointa sur Brandi.

— Si tu me tues, tu ne pourras pas avoir les pièces, argumenta Brandi d'un ton neutre.

La femme s'arrêta.

— Alors, tu les as ?

— Je sais où elles sont, oui.

Elle sourit.

— Parfait.

Rosie se retourna et tira dans l'épaule de Rowan.

Il jura contre elle, portant sa main à sa blessure, le visage blême, mais il resta debout.

Brandi, le cœur meurtri, sentit une vague rouge de colère comme elle n'en avait jamais ressenti auparavant la submerger.

Rosie avait les yeux rivés sur elle.

— Dis-moi exactement où elles se trouvent, sinon je lui tire encore dessus.

Brandi s'arrêta, le cœur affolé, et elle cria :

— Rowan, je suis vraiment désolée !

— Ne t'inquiète pas pour ça, grogna-t-il.

Et elle suivit son regard vers le gamin à côté de Rosie. Puis plus loin, vers Hershey. Même s'il avait reçu l'ordre de rester, il n'était pas heureux de ce qui se passait. Elle attira l'attention de Rowan et fit un signe de tête vers la porte derrière elle.

— Alors ? demanda Rosie. Qu'est-ce qui se passe ?

— Je sais où se trouve la collection de pièces de monnaie, mais je ne peux pas simplement les prendre.

— Où est-elle ?

— À la banque, dans un coffre-fort.

— Tu vas nous y emmener. Je savais que tout se passerait bien.

La forcenée tira à nouveau sur Rowan, mais cette fois il n'était plus au même endroit. Il s'était décalé sur le côté, préparé à plonger, sa main attrapant le bras armé de Rosie qu'il serra… fort.

Rosie tomba à genoux, au moment où Hershey traversait le salon en courant. Il bondit, s'accrochant à son bras armé. Elle hurla quand le chien se cramponna à son poignet et brisa les os sous l'arme, qui tira sur le sol sans faire de dégâts.

Son fils cria :

— Maman !

— Oh, je ne m'inquiéterais pas pour elle, dit Rowan, luttant toujours pour son arme. Un second coup partit, touchant Rosie, cette fois. Elle s'écroula sur le sol.

Brandi fonça, récupéra l'arme de la mère qu'elle pointa sur le fils.

— Essaie de bouger. Rien qu'un seul geste, et je serais ravie de te réduire en miettes.

— Tu n'appuieras pas sur la gâchette. Aucun de vous ne le fera, ou vous irez en prison.

— Moi je n'irai pas, mais quelqu'un d'autre y dormira, ce soir.

Brandi recula d'un pas et scruta Rowan.

— Tu vas bien ?

— Oui.

Il la regarda et lui demanda :

— Maman, tu vas bien ?

Rowan se baissa, posa un doigt sur le cou de la femme, et secoua la tête.

— Tu l'as tuée ! Tu as assassiné ma mère !

Le gamin jeta un regard. Ce dernier se jeta sur Rowan, les doigts dirigés vers ses yeux. Il fit un pas de côté, et en dépit de son épaule douloureuse, remonta le bras pour frapper le gamin au visage. Il sombra dans une frénésie de rage dont Brandi n'avait jamais été témoin auparavant, où il sauta à nouveau sur Rowan. Aussitôt, celui-ci fit un pas en arrière et commanda à Hershey d'attaquer ; il arracha un morceau de l'épaule du gamin, qui retomba à terre.

Une fois au sol, Hershey donna une forte secousse, à l'origine du hurlement de l'adolescent.

Soudain, des voix se firent entendre sur le seuil de la porte, et le chaos s'installa alors que plusieurs officiers de police se précipitaient, armes au poing.

Rowan leva lentement les mains, se mit à genoux et laissa Hershey se détendre.

— Lâche ! lui ordonna-t-il.

Hershey geignit et s'allongea à côté de lui.

Tous fixaient les policiers ; Brandi se tourna, les regarda, et leva les mains, tenant toujours son arme.

— Nous ne sommes pas les tireurs.

— Lâchez votre arme et allongez-vous sur le sol.

Elle obéit aussitôt.

C'était fini, du moins ça le serait bientôt, mais, oh, quelle journée, quelle nuit ! En ce qui la concernait, ces deux mois avaient été les pires de sa vie.

Il était plus que temps de quitter la Californie.

L'INSPECTEUR ARRIVA SUR les lieux peu après. Rowan était assis sur le canapé, un bandage sur l'épaule, car la balle n'avait pas traversé, elle l'avait juste entaillée. Il ressentait une brûlure, mais sans plus. Brandi était assise de l'autre côté et se penchait vers lui, Hershey à leurs pieds. Ils avaient laissé les chiots dans la chambre, pour qu'il y ait moins d'agitation. L'ambulance était arrivée et avait emmené la mère morte et le fils blessé.

Alors qu'ils étaient assis là, expliquant ce qui s'était passé, le détective regarda Rowan et demanda :

— Vous partez bientôt ?

— Peut-être demain matin. Pourquoi ?

— Parce que vous avez mis le chaos sur votre passage.

— C'est faux ! le défendit Brandi. Ces ordures étaient là bien avant l'arrivée de Rowan.

— Je vous l'accorde, répondit l'inspecteur, qui contemplait les taches de sang sur le sol.

— Grand-père, grand-mère, et maintenant ils s'en sont pris à vous.

— Tout ça pour une collection de pièces de monnaie.

Brandi secoua la tête, l'air sombre.

— Oui, confirma Rowan. J'ai envoyé une photo de ladite collection de pièces à un ami et, rien qu'en voyant celles du dessus, il estime qu'elle vaut des millions de dollars.

— Sérieusement ?

— Oui.

— Qu'allez-vous en faire ?

— Je vais les vendre, répondit la femme. Tout de suite.

Beaucoup de vies ont été ruinées à cause de ces pièces. Je ne veux plus en entendre parler.

— Bien. Il serait temps pour vous d'envisager un déménagement. Au moins, vous avez assez d'argent devant vous pour y songer, ainsi qu'un nouvel avenir. Je vous suggère d'en profiter.

— C'est une très bonne idée, dit-elle, l'air épuisé.

— Tu es sûr que tu ne veux pas faire examiner ta blessure à l'hôpital ?

— Oui, pas d'hôpitaux pour moi, répondit-il calmement. J'y suis allé trop souvent ces dernières années.

— J'ai remarqué les cicatrices hier soir, et je pense que je vais avoir pas mal d'occasions de les explorer. Hier soir, c'était pour nous, pas pour tes blessures de guerre.

— Crois-moi. Je serai plus qu'heureux d'avoir droit à une répétition de la nuit dernière quand tu voudras.

Elle se blottit contre lui :

— Alors, que dirais-tu de déménager ?

— Le Nouveau-Mexique m'a l'air parfait. Et toi ?

— Rien que nous deux ?

— Eh bien, nous deux, plus Hershey, Lacey, et deux, j'espère trois, chiots.

— Et comment diable allons-nous nous déplacer ?

— Je pense que la meilleure solution, c'est une location d'un point A à un point B. Que dirais-tu d'un voyage en voiture ?

— Tout cela me paraît idyllique.

ÉPILOGUE

BADGER ETAIT ASSIS à la table de la salle de réunion de Titanium Corp avec toute l'équipe d'origine : Erick, Cade, Talon, Laszlo, Geir et Jager, ce qui était inhabituel.

— Est-ce que j'ai bien entendu ? Rowan revient au Nouveau-Mexique avec Brandi ?

— Brandi, Hershey, Lacey et trois chiots, je ne sais pas s'ils ont déjà un nom, dit Geir. Tu parles d'une fin heureuse.

Talon secoua la tête.

— C'est qu'on devient sacrément bons à ce jeu, non ?

— Et je te fais confiance pour t'attribuer le mérite d'une chose pareille.

— Qu'est-ce que tu veux dire ? s'enquit Erick. Nous avons tous fait un sacré boulot.

— Peut-être, mais finalement ce sont ces couples qui se sont trouvés, et c'est ce qui compte.

— Et les Chiens de Guerre ont une toute nouvelle vie, déclara Cade.

— Une toute nouvelle vie, mais aussi une famille, précisa Badger. C'est la meilleure partie. Non seulement Hershey est de retour chez Rowan, mais il va avoir une retraite géniale.

— Et nous allons pouvoir les voir, dit Kat en entrant. J'ai hâte de rencontrer Brandi.

— Pourquoi ça ? demanda Jager.

— Elle est à fond dans les cellules souches. Je voudrais

discuter avec elle du rajeunissement de certains tissus cicatriciels sur les sites d'amputation.

Elle regarda Badger, inclinant doucement la tête de manière sexy.

— Tu sais que l'avoir dans les parages pourrait avoir pas mal d'avantages.

Les hommes la regardèrent tandis que Badger passait un bras autour de sa femme, et l'embrassait sur la tempe :

— C'est le genre de choses que fait Kat. Elle veut toujours améliorer nos vies.

— Hé, tu ne peux pas argumenter contre ça, dit-elle en se tournant pour passer les bras autour de lui.

Il tapota son ventre.

— Au cas où vous n'auriez pas entendu la nouvelle.

Les gars bondirent immédiatement et l'étreignirent.

— Nous sommes plutôt ravis, murmura-t-elle, mais il nous reste des Chiens de Guerre qui ont besoin d'être contrôlés.

— Effectivement, confirma Badger. De plus, le commandant m'a contacté et m'a dit que nous faisions du si bon travail qu'il se demande si nous pourrions prendre quelques cas supplémentaires.

— Nous n'en avons pas encore fini avec ceux que nous avons, objecta Laszlo.

— Je sais. Je le sais bien, répondit Badger. Il faut donc qu'on termine ces missions, et ensuite on réfléchira à ce qu'on veut faire.

— Je suis partant, affirma Geir, mais nous devons d'abord nous occuper de ces deux derniers.

— D'accord. Qu'est-ce qu'on a ?

Geir rapprocha de lui l'un des deux dossiers originaux qui restaient des Chiens de Guerre et l'ouvrit.

— C'est quoi, celui-ci ?

— Texas, annonça-t-il. Il est à la frontière d'El Paso.

— Et quoi, le chien est parti au Mexique ?

— Nous n'en avons aucune idée. Il était là avec une famille un jour, et le lendemain, il n'y était plus.

— Kidnapping, coyotes, on lui a tiré dessus, quoi ?

— Aucune idée, répondit-il. Est-ce qu'il y a quelqu'un que nous pouvons envoyer ?

— Moi.

La voix provenait de l'embrasure de la porte, et ils se tournèrent pour voir Caleb entrer.

— Tu as un lien avec le Texas ? l'interrogea Badger.

— J'en ai. J'ai de la famille là-bas. Où, au Texas ?

— Pas très loin d'El Paso, précisa Geir.

— Ma famille élargie a une grande maison là-bas, beaucoup de terres.

— Il n'y a pas grand-chose qui pousse là-bas, n'est-ce pas ? demanda Talon.

— Non, il faut beaucoup de terres pour gagner sa vie, confirma Caleb. Mais, même s'ils ne travaillent plus la terre, ils ne veulent pas s'en débarrasser pour autant.

— Ils sont près de la frontière ? demanda Geir.

— Des deux côtés de la frontière, en fait. C'est quoi le problème avec le chien ?

— Il n'y a pas grand-chose à te dire, dit Geir en lisant rapidement le dossier. Il a été adopté par une famille et, lorsque le gouvernement a fait le premier contrôle, le chien avait déjà disparu.

— Il était du genre à fuguer ?

— Ce n'était pas le cas avant, dit Badger. Tu veux y aller et le découvrir ?

— Oh, oui, s'enthousiasma Caleb. Absolument.

— Tu as une raison cachée d'y aller ?

— Je ne cache rien. Je vais descendre pour le mariage de mon frère.

— Oh, bien, fit Kat. J'adore les mariages !

— Pas celui-ci.

— Pourquoi ça ? s'enquit-elle.

— Parce qu'il va épouser mon ex-femme.

C'est la fin du tome 10 de *K9 Files : chiens de guerre, Rowan*.
Découvrez *Caleb, K9 Files : chiens de guerre, tome 11.*

K9 Files : Caleb (tome 11)

Bienvenue dans la toute nouvelle série de l'auteur à succès USA TODAY Dale Mayer, que les fans attendent : les *K9 Files*, qui permet aux lecteurs de retrouver les inoubliables hommes de *SEALs of Steel* dans une nouvelle série de romances à suspense remplies d'action et de rebondissements. Pssst… vous retrouverez aussi certains de vos personnages préférés de *SEALs of Honor* et *Heroes for Hire* !

Pour Caleb, le retour dans sa ville natale à l'occasion du mariage de son frères aurait dû être une source de joie exceptionnelle. Ce n'est pas tout à fait vrai, cela dit, car il s'avère que son frère va épouser son ex-femme. Il n'a aucune envie d'assister à cet événement, mais il décide tout de même de s'y rendre. Après tout, sa meilleure amie, Laysha, habite dans la même ville et ils se sont promis de se revoir. Sans compter qu'on lui a demandé de chercher un chien de guerre disparu peu de temps après son adoption.

Caleb est de retour. Mieux encore, il séjourne chez elle. Laysha est aux anges, même si elle sait qu'il a encore des problèmes avec son ex-femme. Quand Caleb et Laysha se rendent à la dernière adresse connue du chien de guerre disparu et y découvrent un cadavre humain, la vie prend un tournant sordide.

Pire encore, on les a vus là-bas et ils deviennent tous les deux des cibles… dans un jeu que Caleb doit gagner sous peine de perdre tout ce qui compte dans sa vie.

Le tome 11 est disponible dès aujourd'hui !
Pour en savoir plus, visitez le site web de Dale Mayer.
https://geni.us/DMFRCalebUni

Note de l'auteure

Merci d'avoir lu *Rowan, K9 Files : chiens de guerre, tome 10* ! Si vous avez apprécié le livre, merci de prendre un moment pour laisser votre avis.

Chers lecteurs,

J'aime avoir de vos nouvelles, alors n'hésitez pas à me contacter sur mon site web : www.dalemayer.com ou sur ma page d'auteure Facebook. Pour être informés des nouvelles parutions et des offres spéciales, inscrivez-vous à ma newsletter ou suivez-moi sur BookBub. Si vous souhaitez rejoindre mon groupe de lecteurs, voici la page d'inscription sur Facebook.

À bientôt,
Dale Mayer

À propos de l'auteure

Dale Mayer est une auteure de best-sellers au classement de *USA Today*, connue pour ses romances militaires sur les forces spéciales, sa série *Psychic Visions* et sa série *Jolis Jardins Maudits*, dans le genre cozy mystery. Ses romances contemporaines sont vibrantes d'émotion et de passion (série *Broken But… Mending, Hathaway House*). Ses thrillers vous laisseront à bout de souffle (séries *By Death* et *Kate Morgan*) et ses comédies romantiques vous feront rire aux éclats (*It's a Dog's Life*, une novella hors-série, et la série *Broken Protocols* avec Charming Marvin, le chat).

Elle laisse libre cours aux séries qui lui viennent… dont certaines sont carrément folles, enfreignant toutes les règles et croisant différents genres !

En plus de ses romans de fiction, elle écrit également des textes documentaires dans de nombreux domaines, dont la rédaction de CV, le jardinage de loisir et le système de crédit immobilier américain. Elle a récemment publié la série professionnelle *Career Essentials*. Tous ses livres sont disponibles aux formats papier et ebook.

Contactez Dale Mayer en ligne

Site web de Dale – www.dalemayer.com
Twitter – @DaleMayer
Facebook Page – geni.us/DaleMayerFBFanPage
Facebook Group – geni.us/DaleMayerFBGroup
BookBub – geni.us/DaleMayerBookbub
Instagram – geni.us/DaleMayerInstagram
Goodreads – geni.us/DaleMayerGoodreads
Newsletter – geni.us/DaleNews

www.ingramcontent.com/pod-product-compliance
Lightning Source LLC
Chambersburg PA
CBHW070340200726
48294CB00003B/732